비디오 키드의 생애

정율리 지음

테이프는 사라져도
좋아하는 마음은
어디 갈 줄을 모르고

메멘토
카르디널북스

일러두기

단행본, 잡지, 앨범 등은 《》 안에, 영화, 드라마, 방송 프로그램, 게임, 공연, 곡명 등은 〈 〉 안에 넣어 표기했습니다.

추억의 재생

18인치 작은 브라운관 앞에 앉아 네모난 비디오를 투입구에 넣으면 새로운 세계가 열렸다. 인간의 존엄성이 가진 위대한 힘을 알며 나를 사랑하고 타인을 존중하는 법을 배운 것도, 뒷골목을 주름잡는 사내들의 피비린내 나는 복수와 배신을 통해 역설적으로 세상에 존재하는 정의를 배운 것도, 특별하지 않은 삶은 없으며 우리는 모두 우리 인생의 주인공임을 배운 것도 비디오를 통해서였다. 그곳은 안온하고 부드러우며 한없이 너그러웠지만, 때로는 거칠고 피투성이의 지옥이 펼쳐지는 아수라와 같았다. 화면을 가득 채우는 화려한 이국의 풍경과 사랑과 배신, 좌절과 후회, 그리고 삶과 죽음이 가득한 이야기를 먹으며 나는 무럭무럭 자라났다. 비디오 가게는 나의 보물 창고였고 대여료 1,000원이면 무한정 낯선 세계로의 여행이 가능했다. 글을 깨우친 뒤로는 비디오가 나를 키웠다.

아직 만나지 못한 세상과 사람들을 향한 작은 통로. 작고 어린 몸으로 세계 구석구석 마음의 발자국을 찍으며 돌아다녔다. 비디오는 넓은 세상만이 아닌, 이야기를 사랑하는 법도 알려 주었다. 이야기에 깃든 인간의 본질, 꺾이지 않는 신념, 값어치를 논할 수 없는 사랑, 나락에 떨어져도 다시금 지상으로 복귀하는 의지는 어린 나를 성장시키는 최고의 영양분이 되었다. 화면 밖으로 빠져나오면 존재하지 않는 사람들임에도 나는 누구보다 생생히 그들을 가슴에 품었다. 나도 영화처럼 살고 싶다 바라고 또 바라면서.

어른이 된 후 알게 되었다. 인생은 정신없는 생방송이라는 걸. 한번 살고 나면 영화의 각본처럼 퇴고란 불가능하다는 것을. 그럭저럭 버티다가도 가끔씩 무너지는 날이 있다. 그럴 때면 어김없이 나의 유년이 떠오른다. 여전히 선연한 그날의 기억들, 어린 나를 지탱해 주던 이야기들. 무엇보다 소중한 것은 그것들을 함께해 준 사람들과의 추억이다. 좋아하는 영화 목록을 정리하면 언제나 그 순간을 지켜 준 사람이 따라온다. 소박한 회상 속에서 다시 살아갈 기운을 얻는다. 겨우 신작 비디오 하나에도 며칠을 두근거리던, 행복으로 충만했던 어린 날. 추억은 생각보다 힘이 세다.

지금부터 내가 들려주는 이야기는 비디오에 열광했던 한 어린이의 성장담이자 어린 나와 함께 그 이야기를 공유했던 사람들에게 바치는 헌사와도 같다. 그들이 나를 살게 했다. 그리고 여전히 버티게 한다. 비디오와 함께한 어느 한 인간의 역사가 당신의 삶에 작은 위안이 되기를 바란다. 잊고 있던 소중한 기억들을 끄집어내는 계기가 될 수 있기를, 진심으로 소망한다.

차 례

양육은 비디오에게

나는 영화광이었다. 시작은 일곱 살 무렵. '꽤나 성숙했구나' 하고 생각한다면 오해다. 나는 부모님의 어쩔 수 없는 방임 덕택에 원하는 영화를 마음껏 감상할 수 있었다. 이 점에서는 정말이지 우리 부모님께 큰절을 올리고 싶다. 엄마가된 후 알았다. 일정 시간 동안 자녀를 가만히 내버려 두는 것은 웬만한 결단이 없으면 불가능한 일이라는 걸.

영화라. 내가 일곱 살이던 그 무렵, 그러니까 지금으로부터 스물 하고도 몇 해 전이다. 당시 나는 지방의 어느 대도시에 살고 있었다. 그곳은 공업과 조선이 발달했고 그와 관련한 기술로 유명했다. 나는 우리 동네 비디오 가게의 VIP였다. 비디오 가게 사장님은 공대를 거친 두 명의 남자였다. 그들이 학교를 졸업했는지 어쩠는지는 알 수 없었지만, 아무튼 그들은 호기롭게 비디오 가게를 차렸다. 젊은 피답게 다른 비디오 가게와 차별화된 점도 있었다. 바로 (당시만 해도 음식 말고는 드물던) 배달이 가능했다는 점이다. 전화로 보고 싶은 비디오를 고르면, 다음 날 아침 문 앞까지 친절하게 비디오를 배달해 주었다.

그렇다면 비디오는 어떻게 고를까? 비디오 가게가 성행하던 1990년대, 가게마다 무료로 비치된 '비디오 가이드'가 있었다. 이를 참고해 보고 싶은 비디오를 골랐는데 사실 비디오 가이드가 맞는 이름인지조차 모르겠다. 아무튼 그 역사가 MBC의 〈출발! 비디오 여행〉만큼 오래되었다는 것은 안다. 비디오 가이드에는 신작 혹은 대여 인기 순위에 오른 영화들이 나열되어 있었다. 조그마한 썸네일과 함께 간략한 줄거리, 영화감독, 출연 배우, 출시 연도 등이 표기되어 있었다. 그때는 평론가들의 한 줄 평이나 별점, 관람객 리뷰가 전무했기 때문에 끌리는 내용의 비디오를 고르는 것이 훨씬 쉬웠다. 나는 비교적 잘 골랐는데 그 탁월한 안목이 사실은 비디오 가이드 직원들의 큐레이션 덕분임을 알게 된 것은 어른이 된 후였다.

부모님은 자영업을 하셨다. 요즘에는 사양 산업이다 못해 혹시나 발견하면 눈물까지 쏟을 정도로 반가운 문구점을 운영하셨다. 우리 문구점은 꽤나 흥했다. 요즘은 한길 건너 편의점이라고 하지만 그때는 문구점이 편의점 같은 존재이자 아이들의 사랑방 노릇을 했다. 등교하던 아이들은 가게 문이 열리는 시간이면 방앗간을 지나치지 못하는 참새처럼 혹은 기세 좋은 라스베이거스 메뚜기 떼처럼 문구점에 모여들어 그날 필요한 준비물을 구매하거나 당시 유행하던 자그마한 레이싱 카의 튜닝을 맡겼다. 그뿐인가 100원짜리 종이 뽑기의 단골 상품인 '석수'를 외쳐 댔으며 노상에 즐비하던 문구점 소유의 게임기(일명 **짱깸뽀 게임기**)에 자리를 잡고 주인아저씨를 소환하기 일쑤였다.

붐비는 시간은 본격적인 등교가 시작되는 8시 이후였지만, 부모님은 매일 새벽 6시면 기상해 자고 있던 나를 들쳐 업고 문구점의 '샷다'를 올리며 장사를 준비했다. 나는 침을 흘리며 가게 안의 작은 창고에서 잠을 자다 일어나, 당시 여학생들의 가슴을 두근거리게 만들었던 월간《나나》를 보며 시간을 때웠다. 점심이면 바로 옆 중국집에서 짜장면을 시켜 먹으며 '언제쯤이면 나도 어른들처럼 입에 짜장 소스를 묻히지 않고 한 그릇을 비울 수 있을까?' 같은 공상을 하던 해맑은 시절이었다.

초등학교 입학 전까지 평일 생활이 거의 그랬다. 엄마 등에 업혀 문구점에 도착해 졸린 눈을 비비며 국민학교 언니오빠들의 광적인 소비 행태를 지켜보고, 월간《나나》혹은 용호야, 용소야, 용소자 등이 주인공인 해적판 일본 만화책을 감상하고, 짜장면을 먹으며 우아한 어른을 꿈꾸고. 다행히 주말에는 조금 한가했다. 영업 준비는 아침 9시에 시작했고 저녁 8시면 마감했다. 엄마는 주말이면 5시쯤 일과를 마무리했다. 내가 일곱 살이 되자 엄마는 신선한 제안을 했다.

"주말에는 너 혼자 집에서 비디오 보면서 놀 수 있겠나? 가게랑 집 가까우니까 무슨 일 있으면 찾아오고."
"응, 무슨 일 있으면 전화할게. 대신 보고 싶은 비디오는 내가 정할래."

글자를 일찍 깨우쳐 온갖 만화를 섭렵하고 지루했던 나는, 엄마의 제안이 너무나도 반가웠다. 엄마는 웃었고 나는 남몰래 비디오 가이드에 표시해 놓은 영화를 고르기 위해 눈알을 굴렸다. 그 순간이 아직도 또렷이 기억나는 이유는 아마도 그만큼 비디오의 세계로 입문하고 싶었기 때문일 것이다.

맞다. 나는 꽤나 성숙한 아이였던 것이 틀림없다! 난생처음 내 의지로 빌린 비디오는 페니 마샬 감독의 〈빅 Big, 1988〉이었다. 〈빅〉은 우리 가족이 처음으로 모두 함께 영화관에서 본 영화였다. 네 살 무렵, 어두운 극장 안이 낯설어 잔뜩 겁을 집어먹은 나는 영화가 상영되는 내내 엄마의 옷자락을 꽉 붙잡고 있었다. 한글도 떼지 못한 내가 영화를 관람했을 리 만무하다. 그럼에도 또렷하게 기억나는 것이 있다. 20대의 톰 행크스가 피아노 위에서 발재간을 부리던 모습과 이어지는 관객들의 웃음 소리. 극장 안 어른들은 약속이라도 한 듯다 같이 웃음을 터뜨렸다. 그중에는 우리 부모님도 포함되어 있었다. 상영 시간의 절반 이상을 엄마의 소맷부리에 두 눈을 처박고 있으면서도 사람들이 웃으면 슬며시 고개를 빼 들었다. 다들 행복해 보였다. 그때부터 〈빅〉은 내게 행복을 주는 영화로 각인되었다. 재빠르게 지나가는 자막도 척척 읽어낼 수 있다 자부하며 〈빅〉을 첫 비디오로 골랐다. 엄마와 아빠의 얼굴에서 고단함을 지웠던 그 행복의 실체를 알기 위해. 영화는 기대보다 더 흥미로웠고 나는 대번에 〈빅〉에 빠지고 말았다. 놀이공원의 플라스틱 마법사 졸타에게 빈 소원이 이루어지며 하루아침에 어른이 되어 버린 조시처럼, 나도 어른이 된 내 모습을 자주 상상했다. '지금의 나' 따위는 떠올릴 수 없을 만큼 꿈과 희망으로만 가득 찬, 즐거운 나날의 연속이었다.

그렇게 돌리다간 돌아 버릴지 몰라

비디오 가게 사장님들이 으뜸으로 좋아하는 고객은 (너무나 당연하게도) 비디오 반납 날짜를 잘 지키는 고객이었다. 하지만 사장님들이 마음으로 감동하는 고객이 있었으니 "Be Kind Rewind('부디 비디오테이프를 되감아서 돌려주세요'라는 뜻)" 원칙을 항상 준수하는, 바로 나 같은 고객이었다. 비디오를 반납하러 가면 사장님들은 되감기가 되어 있지 않은 비디오를 'VHS 리와인더'라고 부르는 기계에 집어넣었다. 리와인더는 대부분 빨간 자동차 모양으로 생겼는데 이 시절 비디오 가게를 드나든 사람이라면 그것의 형태를 똑똑히 기억하리라!

나는 마음에 드는 비디오를 한자리에서 몇 번이고 돌려 봤다. 그러니까 한 번 보고 '이거 나중에 또 봐야겠다'라고 생각하며 시간을 두고 같은 영화를 시청하는 것이 아니라 영화가 끝나는 순간 비디오 플레이어의 되감기 버튼을 눌러 반복 시청하는 것이었다. 내 인생의 첫 미성년자 관람 불가 영화였던 〈백발마녀전 白髮魔女傳, 1993〉 같은 경우, 한자리에서 연속으로 네 번을 봤던 기억이 난다. 주말이면 집에서 비디오를 왕창 몰아 보다 문구점에서 점심을 먹고 다시 집으로 쪼르르 달려가 엄마가 돌아오는 시간까지 비디오를 봤다. 부모님은 주말 내내 집에 혼자 남아 시간을 보내는 내가 안쓰러웠는지 점심으로 잡탕밥이나 탕수육 같은 특식을 제공

했지만 나는 잡탕밥이고 뭐고 빨리 집으로 돌아가 블랙죠를 먹으며 비디오 볼 생각만 했다.

〈빅〉과 〈스플래시 Splash, 1984〉를 거쳐 〈구니스 The Goonies, 1985〉를 통해 해저 동굴을 탐험하고, 〈영구와 땡칠이 2: 소림사 가다 1989〉를 보며 배꼽을 잡고, 〈지구방위대 후뢰쉬맨 超新星 フラッシュマン, 1986〉을 보며 우주적 세계관을 키워 가다 〈취권 醉拳, 1978〉을 통해 진지하게 무술을 배우고자 열망하던 어린이는 어느덧 국민학생이 된다. 학기 초, 자기소개를 하는 교실 뒤편 보드 위에는 내가 본 비디오와 좋아하는 영화배우, 감독의 이름을 빼곡히 적어 넣었다. 보드 위에 적힌 영화가 나의 정체성이 되었고, 상대가 재미있게 본 영화로 그 사람의 성향을 판가름했다. 그리고 첫 시험에서 **(당시에는 옆집 동수도 뒷집 민정이도 다 받는)** 올백을 맞아 평일에도 홀로 집에 머물며 온종일 비디오를 볼 수 있는 특권을 얻게 됐다. 당시 엄마의 걱정은 그 성격이 조금 달랐는데 "이 세상의 모든 비디오를 다 볼 거야!"라고 위풍당당하게 말하는 내 모습 때문이었다. 그리고 이어진, "그냥 비디오 가게를 차린다 그래."라는 엄마의 농담은 내 삶의 모토가 되었다.

감동의 폭포수 아래, 미친 듯이 비디오를 되감으며 돌아

비디오 키드의 생애

버릴 지경으로 울고 웃던 나의 행위는 부모님의 제지를 받고서야 중단됐다. 새 나라의 어린이는 아무리 늦어도 10시 전에는 취침해야 한다는 가풍 아래 눈물을 머금고 침대에 머리를 누이면 눈앞에서 아른아른 영화 속 장면들이 스쳐 지나갔다.

그러니까 내가 품행 단정한 고객이 될 수 있었던 이유는, 으뜸 고객이 되어야겠다는 사명감 때문이라기보다는 영화에 대한 애정 어린 집착 때문이었다. 다시 보려고 비디오를 되감았지만, 그것을 마지막으로 한 번 더 보기엔 배고프고 졸린 어린이의 체력적 한계와 귀찮은 숙제와 기한을 넘기면 얄짤없이 부과되는 연체료에 대한 두려움 때문에 나는 언제나 눈물을 머금고 가지런히 되감아진 비디오를 들고 가게 문을 밀어야 했다. "아, 진짜 한 번 더 볼 수 있었는데!" 그러나 곧 혼잣말이 무색하게 반짝반짝 광을 내는 신작 비디오에 흥분하기 시작했고 엄마를 졸라 15세 관람가까지는 거뜬히 빌릴 수 있었다.

슬로스의 대활약이 눈물샘을 자극하는 〈구니스〉, 소림사 스님이 입을 오물거리자 당근이 생성되는 편집 효과로 충격을 준 〈영구와 땡칠이 2: 소림사 가다〉, 〈애들이 줄었어요

Honey, I Shrunk the Kids, 1989〉의 후속편이자, 아빠의 실수로 거인이 된 만 2세 아기의 의도치 않은 재물 손괴가 박장대소를 유발하는 〈아이가 커졌어요 Honey, I Blew up the Kid, 1992〉, 웬디를 따라 인간 세계에 머물며 어른이 된 피터팬이 네버랜드를 다시 찾으며 벌어지는 이야기로, 친근한 이미지의 더스틴 호프만이 후크 선장으로 열연한 〈후크 Hook, 1991〉, 부정 취업, 횡령과 음모, 부적절한 유혹 그리고 뜨거운 우정과 사랑이 난무하던, 존 굿맨이 외치는 "야바다바두"가 유행어가 된 〈고인돌 가족 The Flinstones, 1994〉, 잘 키운 개 한 마리 열 사람 안 부럽던, 동물 영화의 전성기를 이끈 〈베토벤 Beethoven, 1992〉까지.

이 영화들을 적어도 열 번은 돌려 봤을 것이다. 그렇게 돌려 보는 사이 시력은 저하되었고 아홉 살이라는 어린 나이에 '안경잡이'라는 별명을 얻었다. 나이를 먹으며 영화의 완성도에 이러쿵저러쿵 토를 다는 엄격한 관객이 되어 버렸지만, 내 유년의 영화에게는 한없이 관대해지고 만다. 외로운 하루를 빈틈없이 채색해 주던 장면과 장면들. 하지만 그러한 반복 속에서도 영어만큼은 깨우치지 못한 걸 보면 썩 머리 좋은 아이는 아니었던 것 같다.

비디오 키드의 생애

내 인생의 첫 빨간 비디오

그 당시 어린이들에게는 호환, 마마, 전쟁보다 무서운 것이 있었으니 그것은 무분별한 불법 비디오를 시청함으로써 비행 청소년이 되는 것이었다. 건전한 비디오로 맑고 고운 심성을 길러야 한다는 경고문을 무시한 채 내 나이 두 자릿수가 되던 열 살, 인생의 첫 미성년자 관람 불가 비디오를 보게 되었다.

비디오는 등급별로 색깔이 다른데 전체 관람가는 초록색, 12세 관람가는 파란색, 15세 관람가는 노란색이었다. 당시에는 12세, 15세가 아닌 중학생 이상, 고등학생 이상이라고 표기되어 있었다. 손에 닿기만 해도 잘못을 저지른 듯 가슴 뛰었던, 미성년자 관람 불가 비디오의 색깔은 빨강이었다. 절대 넘어서는 안 될 군사 경계선을 눈앞에 둔 초보 병사처럼 나는 빨간 딱지 앞에서 으레 긴장하고 말았다.

비디오를 빌리던 초반만 해도 엄마는 내가 보고 싶어 하는 영화의 내용과 관람 등급을 확인했다. 오석근 감독이 만들고 김희애와 문성근이 출연한 〈101번째 프로포즈 1993〉의 예고편을 텔레비전에서 보고 엄마에게 빌려 달라고 했다가 퇴짜를 맞은 기억이 아직도 선하다. 커다란 뿔테 안경을 낀 문성근이 김희애를 끈질기게 쫓아다니며 구애한다는 내용이

비디오 키드의 생애

었는데 지금 생각하면 정말 섬뜩한 영화가 아닐 수 없다. 영화의 카피 또한 '매번 딱지 맞는 기분, 그것이 알고 싶다!'로, 현대를 사는 여성들의 오금을 저리게 만들기 충분하다. 하지만 당시에는 지적인 이미지의 문성근이 연애도 제대로 못 해본 순정남 캐릭터로 등장해 많은 주목을 받았다.

나는 규칙을 준수하는 모범 어린이였으므로 웬만하면 전체 관람가 등급의 비디오로 선택지를 맞췄다. 하루가 멀다 하고 비디오를 보는 지경에 이르자 엄마는 급기야 나에게 비디오 추천을 부탁했다. 내가 추천한 영화들을 나는 볼 수 없었지만 부모님은 대부분 흡족해 했다. 부모님은 가끔 고등학생 이상 관람가 영화를 자신들이 미리 본 다음 내가 볼 수 있게 허락해 주었다. 어떤 영화는 맨살도 별로 안 나오고 폭력적이지도 않은데 단지 내용이 너무나 심오하다는 이유로 높은 등급을 받기도 했다. 나는 비디오 등급의 이상한 기준을 통해 일찌감치 사회의 부조리를 깨닫고 그 부당함을 엄마에게 토로했다.

"아, 진짜. 나 그거 다 아는데! 다 이해할 수 있는데!" 나의 성화에 시달린 엄마는 결국 배달은 시키되 검열은 필수라는 조건을 걸고 파란색과 노란색 비디오 대여를 허락해 주었다.

다행히 나의 지적 허영심으로 〈죽은 시인의 사회 Dead Poets Society, 1989〉나 〈바람과 함께 사라지다 Gone with the Wind, 1939〉와 같은 명작들이 리스트에 포함되었기에 엄마와 나 사이의 신뢰는 쉽게 쌓였다.

생업의 고단함으로 나만큼 영화를 열정적으로 볼 체력이 없던 엄마의 검열은 서서히 느슨해졌다. 어련히 알아서 하겠거니 하는 생각이 들었는지 자극적인 제목의 영화나 아주 생경한 영화가 아니면 대부분 나의 요구에 부응해 주셨다. 그리고 열 살 어느 여름날, 드디어 처음으로 미성년자 관람 불가 영화를 보게 되었다. 공교롭게도 한날한시 두 편의 빨간 비디오를 보게 되었는데, 이것은 결코 의도하지 않은 실수였다.

〈새엄마는 외계인 My Stepmother is an Alien, 1988〉 같은 경우, 1990년대 최고의 섹스 심벌이라 할 수 있는 킴 베이싱어(그때는 킴 베신저)가 외계의 스파이 신분으로 지구에 왔다가 정보를 빼내야 할 상대와 사랑에 빠지면서 상대 딸의 새엄마가 되는 이야기였다. 나는 외계인이 새엄마가 된다는 감동적인 설정에 혹해 하필 그 옆에 19가 그려진 붉은 당구공을 보지 못했다. 우리 엄마도 제목만 듣고서는 '아니, 엄마가 등장

한다는데! 그것도 새엄마가 외계인이라는데!' 안 빌려줄 이유
가 없다고 생각했던 것 같다.

늘 빨간 립스틱을 바른 채 미스터리한 유혹자로 등장하던
킴의 연기 변신을 기대하며 비디오를 기기에 집어넣는 순간,
나는 그만 비디오의 빨간 딱지를 보고 말았다. 며칠 굶은 아
이처럼 냅다 비디오를 삼킨 플레이어는 누구보다 빠르게 비
디오를 돌렸고 영상은 시작됐다. 집에는 나밖에 없었고, 도입
부도 보지 않고 종료 버튼을 누르는 것은 창작자에 대한 예
의가 아니라는 생각에 그만 책상다리를 하고 텔레비전 앞에
앉아 버렸다. 그리고 그 영화를 통해, 지구에 막 정착한 새엄
마를 따라 지구에 존재하는 많은 것을 배울 수 있었다.

〈백발마녀전〉은 주연 배우의 존재만으로도 애틋해지
는 무언가가 있다. 아직도 아빠가 내 방문을 열고 장국영
의 죽음을 알리던 고등학교 3학년의 만우절을 잊지 못한
다. 1980~1990년대는 홍콩 영화의 전성기로 〈오복성 五福
星, 1983〉, 〈칠복성 夏日福星, 1985〉, 〈대복성 迷你特攻隊, 1984〉, 〈쾌
찬차 快餐車, 1984〉를 지나 〈영웅본색 英雄本色, 1986〉에서 〈첩혈
쌍웅 牒血雙雄, 1989〉에 이르기까지! 명절을 책임지는 특선 영
화 대부분을 홍콩 영화가 차지할 정도였다. 임청하와 왕조

현이 여성들의 워너비 아이콘으로 꼽혔고 장국영은 두말하면 입이 아팠다. 그 뒤를 따르던 유덕화, 곽부성, 장학우, 여명은 홍콩의 4대 천왕으로 불리며 한국에서도 인기 만점이었다. 오우삼과 성룡식 액션에 버금가는 소재였던 홍콩 누아르는 비디오 가게에서 대여 순위 상위권을 차지하며 그 위세를 뽐냈다. 나는 명절에 아빠 옆에서 성룡이나 홍금보 주연의 액션물을 보며 홍콩 영화에 관심을 가지게 되었고, 우연히 MBC 〈주말의 명화〉를 통해 본 〈천녀유혼 倩女幽魂, 1987〉과 〈종횡사해 縱橫四海, 1991〉로 인해 장국영에게 빠지게 되었다.

그런 상황에서 장국영과 임청하가 주연으로 활약하는 신작 비디오를 빌리지 않을 이유가 없었다. 엄마는 평소 나의 장국영 사랑을 알고 있었고 무협 영화의 시퀀스가 칼싸움, 몸싸움, 만두를 두고 벌이는 젓가락 싸움, 전통 악기를 이용한 기싸움 등 인간이 펼칠 수 있는 온갖 싸움으로 이루어져 있다는 편견 때문이었는지 〈백발마녀전〉 또한 쉽사리 수락해 주셨다. 비디오가 도착한 토요일 아침, 〈새엄마는 외계인〉 아래 포개진 〈백발마녀전〉의 빨간 딱지 또한 뒤늦게 봤다고 말한다면 믿어 주려나?

〈백발마녀전〉의 내용은 단순하다. 여러 당파로 나뉜 무림의 세계, 각기 다른 당파에서 한 명은 후계자로 다른 한 명은 살인 병기이자 마녀로 길러진다. 명확한 목적이 있었기에 그들의 무술 실력은 강호에서도 상위 1퍼센트에 속하며 막상막하를 다투었다. 그러나 공교롭게도 둘은 사랑에 빠진다. 무림의 로미오와 줄리엣이 되고 만 것이다. 하지만 온갖 이해관계가 얽힌 방해 공작으로 둘은 서로를 오해한다. 이로 인해 하룻밤 사이에 머리가 하얗게 세어 버린 임청하가 등장하는 장면은 이 영화의 백미라 하겠다.

그 가슴 시린 사랑의 과정은 검지로 시골집 창호지에 구멍을 뚫듯 내 마음을 살살 찢어 놓았다. 물론 미성년자 관람 불가 영화답게 중간중간 헉하는 장면도 등장했지만 장국영과 임청하가 연못에서 사랑을 확인하는 장면은 오히려 아름다웠다. 어린이였던 내가 경악을 금치 못한 것은, 앞뒤로 다른 성별의 인격이 붙어 있는 마교의 수장 '길무상'이 등장하는 부분이었다. 마교의 구역에서 벌어지던 잔치 장면은 잔혹한 카니발을 연상시켰다. 요사스러운 음악과 함께 헐벗은 근육맨이 가면을 쓰고 보여 주는 열정의 댄스 브레이크. 그러던 그가 갑자기 반라의 여인으로 변모하더니 기막힌 춤사위를 이어 나간다. 그 와중에 길무상이 마녀로 분한 임청하를 유혹한답시고 혀를 날름거리는데, 10년 인생에 처음 접한 그

로테스크한 광경에 놀라 비디오를 일시 정지하고 숨을 고르기도 했다.

절절한 엔딩 장면에서 눈물 콧물 다 쏟은 뒤, 나는 〈백발마녀전〉을 앉은자리에서 세 번이나 더 봤다. 한 번의 빨리 감기도 없이. 다행히 그날 저녁 부모님은 내가 빌린 비디오에 관심이 없었지만, 나는 혹시라도 비디오가 발각되면 안 본 척 시치미를 떼야겠다는 각오로 두 편의 비디오를 되감기해 놓은 뒤, 도둑이 제 발 저리 듯 침대 밑에 숨겨 놓았다.

시각적인 충격만큼 내 마음을 흔들어 놓은 비디오는 〈백발마녀전〉이었지만 '아! 어른들은 이런 걸 보고 재미있어 하는구나'라고 생각하며 홀로 키득거리게 만든 것은 앞서 본 〈새엄마는 외계인〉이었다. 외계인이 인간처럼 행동하는 것도 힘들 텐데 뜬금없이 새엄마가 되기란 얼마나 힘이 들겠는가. 그녀가 들고 다니는 조그마한 핸드백에는 행동 지침을 알려 주는 E.T.같이 생긴 다른 외계인이 있었는데 이 외계인은 그녀가 궁금해하는 것을 영상으로 보여 주었다. 그녀가 궁금해했던 게 무엇이었느냐 하면, KISS나 SEXY, SEX 같은 것들이었다. 즉, 19금을 19금으로 만들어 주는 필수 요소들 말이다. 기본적으로 코미디 장르였기에 시종 박장대소하면서도,

불쑥 등장하는 야한 장면에서는 나도 모르게 뒤를 돌아보기도 했다. 그걸 요즘 말로는 '후방주의'라고 한다나? 얼마 전 다시 본 〈새엄마는 외계인〉은 또 다른 의미에서 충격이었는데, 아름답고 섹시한 백인 여성에게 부여되던 백치미에 대한 선입견과 그런 여성을 대하는 무례한 방식 같은 것 때문이었다. 무엇보다 시동생이라는 인간이, 자기 형이 정신 팔린 틈을 타 형수(외계인)에게 키스하는 장면은 가관이라 표현할 수밖에 없었다.

그럼에도 불구하고 나는 새엄마가 되어 버린 외계인을 생각하면 어쩔 수 없이 웃음이 나온다. '빨간 비디오'를 봤다는 사실만으로도 커다란 비밀을 간직한 것처럼 느껴지던 그때. 오늘 하루 어땠느냐는 엄마의 인사에 죄책감을 숨기며 얼굴을 붉히던, 순진했던 그 어린이가 생각나기 때문이다. 그 아이는 어느덧 무럭무럭 자라 고대 유물의 연대기를 주절거리듯 비디오에 대한 단상을 쓴다. 비디오의 시대가 저물고 이토록 과학이 발전했다는 사실도 놀라운데 그 사이 장국영은 목숨을 끊고, 임청하는 은퇴를 하고, 킴 베신져는 킴 베이싱어가 되고, 그와 짝을 이루던 당대 미남 알렉 볼드윈은 후덕한 중년이 되어 SNL에 등장해 트럼프를 흉내 내고, 또한 그들은 서로 쌍욕을 주고받으며 이혼했으며 킴 베이싱어는 몇

해 전 한국을 방문해 개 도살 반대 집회에 참석했다. 영화보다 더 영화 같은 일이 아닐 수 없다.

마법의 황금 티켓

실베스터 스탤론의 손목 액션이 돋보였던 〈클리프행어 Cliffhanger, 1993〉, 휘트니 휴스턴과 케빈 코스트너의 팬시한 멜로물 〈보디가드 The Bodyguard, 1992〉, 탄탄한 각본이 인상적이던 군법정물 〈어 퓨 굿 맨 A Few Good Men, 1992〉, 샤론 스톤이라는 섹시 스타의 탄생을 알린 〈원초적 본능 Basic Instinct, 1992〉이 비디오 대여 순위의 상위권을 점유하고 있던 그때. 거부할 수 없는 대작들 사이에서 선전을 펼치던 판타지물이 있었으니 그것은 바로 〈마지막 액션 히어로 Last Action Hero, 1993〉! 당대의 액션 스타, 아놀드 슈왈제네거와 실베스터 스탤론 사이에서 고민하던 나는 〈마지막 액션 히어로〉를 보고 완전히 아놀드로 돌아선다.

비밀의 장소로 우리를 초대하는 '한정 수량 마법 티켓' 하면 요즘은 〈찰리와 초콜릿 공장 Charlie and the Chocolate Factory, 2005〉을 먼저 떠올리겠지만, 나에게 마법 티켓이란 근육질의 아놀드 슈왈제네거가 장총 대신 손에 든 황금 영화 티켓이었다. 〈마지막 액션 히어로〉의 주인공 대니는 영화를 매우 좋아하는 아이다. 특히 '잭 슬레이터 시리즈'를 좋아하는데, 이 시리즈는 주인공 잭 슬레이터가 악당을 무자비한 폭력으로 응징하는 전형적인 마초 액션 영화다. 대니는 단골 극장 영사 기사 할아버지에게 황금 티켓을 받고, 시리즈 중 가장 좋아하는 4편으로 빨려 들어가 흥미진진한 모험을 펼친다.

재미있는 부분은 문제의 티켓으로 인해 현실로 나온 영화 속 인물들이 괴리감을 느끼는 장면이다. 영화에서는 모든 것이 손쉽게 이뤄지는 반면 현실은 그렇지 못하다. 악당들은 뒤늦게 달려오는 경찰차에 쾌재를 부르고, 목숨을 담보로 위기와 절체절명의 순간을 마주하던 잭 슬레이터는 현실에 와서야 비로소 죽음의 공포를 느낀다. 늘 약자나 미숙한 존재로 표현되던 어린이가 슈퍼히어로의 든든한 참모가 되어 악당을 소탕하는 이 영화를 좋아하지 않을 이유가 없었다. 영화 말미에 잭 슬레이터를 살리기 위해 눈물을 머금고 그를 스크린 속으로 돌려보내는 대니는 누구보다 성숙한 덕후로 성장해 있었다. 그 장면에서 몇 번이나 눈물을 훔쳤는지 모른다.

나는 영화의 주인공 대니를 누구보다 부러워했다. 그리고 종종 상상했다. 거대한 극장 화면이 아니라도 좋으니 〈링 リング, 1998〉의 사다코처럼 브라운관을 자유자재로 넘나들며 영화 속 인물들과 함께하는 삶 말이다. **(물론 이런 상상을 할 때는 아직 사다코가 존재하지 않았다)** 가장 들어가고 싶었던 영화는 소녀

의 감성을 촉촉이 적셔 주던, 한 번 보면 계속 돌려 본다는 명작 중의 명작 〈마이 걸 My Girl, 1991〉이었다. 여전히 사랑스럽고 애틋한 이 영화는, 당시 내 또래의 아이들이 주인공이라는 이유만으로 괜히 더 좋았다.

돌아가신 엄마를 잊지 못하는 베이다의 쓸쓸한 뒷모습을 볼 때면 가슴이 쩡해 눈물을 찔끔거렸다. 한창 전성기였던 맥컬리 컬킨은 〈영심이 1990〉의 안경태를 떠올리게 하는 꺼병이 토마스로 분해 조금은 바보 같지만 사랑스러운 모습으로 등장했다. 베이다와 토마스는 사랑과 우정 사이를 **(자기들은 전혀 모르지만)** 왔다 갔다 하며 풋풋한 설렘을 안겨 주었다. 특히 영화에 등장하는 베이다의 애장품, 기분에 따라 색깔이 변하는 알반지는 영화가 성공한 후 유행을 타며 문구점에서도 볼 수 있었다. 하지만 공교롭게도 이 반지가 화근이 되어 베이다는 한 번 더 이별의 슬픔을 겪는다. 다행히 새엄마의 노력으로 베이다는 다시 마음을 열고 상처를 치유해 나간다.

'남녀칠세부동석'이라는 낡디낡은 유교적 관념이 여전히 자리 잡고 있던 그 시절, 남자아이들과 여자아이들은 편을 갈라 영역 다툼을 벌였고 학교가 파한 후 동네에서 같이 노는 모습이 포착되기라도 하면 다음 날 학교 책상에는 어김없

34

이 이런 낙서가 쓰여 있었다. "얼레리꼴레리. 안경태랑 영심이랑 좋아한대요." 별것도 아닌 농담이 인생의 거대한 스캔들처럼 느껴지던 그때. 우리는 이성 친구 앞에서 애써 웃음을 참으며 의미 없는 다툼을 이어 나갔다.

그런 시대에 감상한 〈마이 걸〉은 여물지 않은 나의 가슴에 거친 파도를 만들었다. 내게도 저런 단짝이 있으면 좋겠다는, 내게도 어설픈 키스를 연습하고 금세 시답잖은 농담을 주고받을 수 있는 귀여운 '남사친'이 있으면 좋겠다는 판타지 아닌 판타지를 갖게 해 주었다. 성장에는 갈등과 위기가 따른다는 공식을 누구보다 잘 알면서도, 나는 늘 〈마이 걸〉 속으로 들어가 저 아이들에게 닥칠 불행을 막아 주고 그들과 달콤한 젤리 빈을 나눠 먹으며 그들의 밀당 로맨스에 감초 역할로 등장하는 상상을 했다.

하지만 꿈만 같은 이 황금 티켓에도 한 가지 단점이 있었으니. 바로 영화의 러닝 타임이 끝나면 다시 처음으로 되돌아가 똑같은 희로애락을 반복해야 한다는 것이었다. 우리가 좋아하는 영화를 무한히 돌려 보는 것은 정확히 몇 분, 몇 초에 등장할 소중한 장면들 때문일 것이고, 우리가 영화 속 위기에도 평정심을 잃지 않는 것은 결국 그들이 맞이할 엔딩을 이미 알고 있기 때문이다. 그러나 우리의 삶이 이런 식으로 반복된다면 어떤 기분일까?

여러 해를 살며 행복이란 결국 찰나의 순간이자 그 순간 속의 자극임을 알게 됐다. 우리가 행복에 대해 무수히 떠드는 것에 비해 좀처럼 행복이 무엇인지 알 수 없는 이유는, 그것이 언제나 소리 없이 찾아왔다가 삶을 반추하는 와중에야 그 시절이 행복이었음을 깨닫기 때문이 아닐까. 몇 시, 몇 분, 몇 초에 등장할지 정확히 파악한 행복 앞에 우리는 자연스러운 삶을 누릴 수 있을까. 그런 점에서 내 인생만큼은 처음 마주하는 신작 영화처럼 매번 낯선 장면이면 좋겠다. 실패로 단단히 키운 맷집이 있으니 불시에 찾아오는 위기도 이제는 문제없다. 모르는 게 약이라는 말도 있지 않나.

그리하여 어른이 된 나는, 어린 날의 소망이던 황금 티켓을 포기하기로 했다. 다만 작은 바람이 있다면, 내 삶의 많은 순간들이 영화의 대미를 장식하기에 충분한 해피 엔딩처럼 유쾌하길 바랄 뿐. 자신의 죽음조차 유머로 승화시킨 〈토이즈 Toys, 1992〉 속 장난감 회사 사장님, 제보 할아버지의 장례식처럼 말이다.

사랑의 순간들

어릴 적 우리 외갓집은 200평 정도 되는 넓은 부지에 지은 지하 포함 3층짜리 주택이었다. 개발 제한이 풀린 허허벌판에 처음으로 집을 지어 지역 뉴스에도 나왔던 기억이 난다. 지하에는 운동을 즐기던 외할아버지의 헬스 시설이 있었고 1층과 2층에는 삼대가 같이 사는 집답게 여러 개의 방과 각각의 거실이 있었다. 1층에서 2층으로 가는 계단 복도에는 달마대사 그림이 있었는데, 나는 그게 너무 무서워서 항상 눈을 질끈 감고 계단을 올랐다. 넓은 정원에는 여러 종류의 꽃나무들이 있었다. 엄마 말로는 그걸 셋째 사위인 우리 아빠가 거의 다 심었다고 했다.

명절이면 그 집에 외가 친척들이 한데 모였다. 집이 큰데도 어찌나 북적이던지. 사촌 형제들과 나는 커다란 정원에서 호스로 물을 뿌리며 놀았고 나무 뒤에 숨어 숨바꼭질을 했다. 외할아버지는 해병대에서 오래 복무한 군인 출신으로 무척 무서웠다. 외할아버지가 계시는 안방에 가면 텔레비전에서는 언제나 씨름이나 스모 경기가 방영되고 있었다. 호랑이같이 생긴 외할아버지의 얼굴을 떠올릴 때면 아직도 심장이 쪼그라든다. 외할아버지는 쿵쿵거리며 돌아다니는 걸 싫어해서 우리는 까치발을 들고 조심조심 다녀야 했다.

큰외삼촌이 결혼하고 얼마 지나지 않아서였다. 큰외삼촌과 함께 온 외숙모는 하얀 피부에 찰랑거리는 머릿결을 휘날리며 부드러운 말투로 우리에게 인사를 건넸다. 어린 시절을 쭉 경상도에서 보낸 나는 서울 말씨를 듣자 괜스레 경계와 긴장을 풀지 못했다. 그날 외숙모가 나를 씻겨 주었는데 간지럼을 많이 타는 내가 하도 몸을 요리조리 비틀며 웃어 젖히는 바람에 외숙모의 미소 띤 얼굴 위에 식은땀이 흘렀다. 목욕을 마친 후에는 외숙모의 머리를 땋아 준다는 명목 아래 그 뒤를 졸졸 따라다녔다. 지금 생각해 보니 얼마나 힘들었을까 싶다. 시집에 와서 불편할 텐데 조카들이 덩어리처럼 붙어 다니는 바람에 쉬지도 못했을 테니 말이다.

그날 저녁 우리는 동네 비디오 가게에서 두 편의 영화를 빌렸다. 바로 타임 루프 영화의 레전드라 불리는 〈사랑의 블랙홀 Groundhog Day, 1993〉과 로버트 다우니 주니어의 싱그러운 젊음을 느낄 수 있는 〈사랑의 동반자 Heart and Souls, 1993〉였다.

〈사랑의 블랙홀〉은 너무나 유명한 영화라 줄거리를 언급하는 것조차 식상할 정도다. 쳇바퀴 돌아가는 일상, 인생이 지루하고 직업마저 무의미하게 느껴지는 기상 캐스터 필 코너스(**빌 머레이**)는 항상 투덜거리기 일쑤다. 사람들에 대한 배려도 없고 부적절한 농담으로 상대방의 기분을 망치는 것이 특기다. 그런 그가 '그라운드호그 데이(Groundhog Day)'를 취재하기 위해 지방의 한 도시에 내려갔다가 갇히고 만다. 공간이 아니라 시간 안에 말이다! 매일 눈을 뜨면 새벽 6시. 허름한 여관이며 어제 겪은 일이며 사람이며 모든 것이 한 치의 오차도 없이 반복된다. 사고라도 치면 뭔가 좀 달라질까 싶어서 자살 시도도 하고 현금 수송 차량을 탈취하기도 하지만 다음 날이면 모든 것이 다시 반복된다.

결국 필 코너스는 조금 더 가치 있는 오늘을 만들기 위해 하루하루를 성실히 보내기로 한다. 덕분에 그의 가치관이 조금씩 변하고, 변한 가치관으로 그는 더 나은 태도를 만든다. 평소 티격태격하던 방송국 PD 리타(**앤디 맥도웰**)와의 사랑도 이룬다. 지금이야 타임 루프를 주제로 한 영화가 다양하지만, 당시에는 시간이 매일 반복된다는 설정이 신선한 충격을 주었다. 외숙모와 나, 그리고 사촌 형제들은 영화를 보며 하루가 저렇게 반복된다면 무슨 일을 할지 제각각 떠들어 댔다.

다음으로 본 영화는 〈사랑의 동반자〉였다. 당시 비디오 가게에서도 인기가 있었고, MBC 〈주말의 명화〉에서도 방영했

비디오 키드의 생애

는데 생각보다 이 영화를 기억을 하는 사람은 많지 않다. 내용은 이렇다. 한날한시에 교통사고를 당한 네 명의 영혼이 사고 현장에서 태어난 아기 토마스(**로버트 다우니 주니어**)의 주위를 맴돌기 시작한다. 맑은 영혼을 지닌 아기는 구천을 떠도는 영혼들을 볼 수 있었고 자라면서도 쭉 그들과 친구로 지낸다. 허공에 대고 혼잣말을 하는 토마스는 결국 주변 사람들로부터 오해를 받고, 급기야 그의 아버지는 그를 정신병원에 보내야 하는지 고민한다. 이를 알게 된 영혼들은 토마스 곁을 떠난다. 하지만 하늘로 올라갈 시간이 임박하자 영혼들은 한을 풀기 위해 어른이 된 토마스에게 도움을 요청한다. 이 영화의 재미는 젊은 시절의 로버트 다우니 주니어를 감상할 수 있다는 것과 그가 자신의 몸에 빙의한 각각의 영혼 캐릭터에 맞게 잔망스러운 연기를 펼친다는 것이다. 농익은 중년의 매력을 뽐내는 지금과 달리, 싱그러운 젊음의 기운을 내뿜는 로버트 다우니 주니어의 연기를 감상할 수 있다니, 어찌 끌리지 않겠는가?

우리는 작은외삼촌 방에서 영화를 봤다. 매트리스만 두 개 깔린 그 방에 옹기종기 모여 치토스와 새우깡을 투게더에 찍어 먹었다. 그때 외숙모가 입었던 핑크 스웨터의 보드라운 촉감이 지금도 기억난다. '서울에서 나고 자란 어른 여자'에게 판타지를 가지고 있던 경상도 소녀였기에, 어쩌면 그 시간이 더욱 강렬하게 기억에 남아 있는지도 모르겠다. 시간이 지나 친척들은 다른 도시에 흩어져 살며 생업과 다툼(?)을 이유로 제대로 모이지 못했다. 나도 십 대가 되면서부터 명절에 부모님을 따라나서는 일이 현저히 줄어들었다. 그날 모였던 사람들 중 몇몇 어른은 세상을 떠났다.

이젠 내가 그들의 나이가 되었다. 어른이 된 나의 일상은 물샐틈없고, 부득이 지난날의 소중한 추억을 망각한다. 그럼에도 그날의 기억만큼은 문득문득 잔상처럼 나타난다. 그럴 때면 습관처럼 두 영화를 찾는다. 지겹도록 본 영화인데도 여지없이 빠져든다. 모락모락 그날이 피어오르고 나는 미끄러지듯 어린 날에 도착한다. 깔깔거리며 웃는 목소리에는 걱정 하나 없다. 무수히 반복되어도 지겹지 않은 어떤 날. 사랑의 한복판으로 여행하게 만드는 두 영화에 찬사를 보낸다.

비디오 키드의 생애

늙지 않는 사람

할머니 댁은 강원도에 있었다. 경상도에 사는 우리 가족은 명절이면 무려 8시간을 달려 그곳으로 갔다. 아빠가 나고 자란 곳. 마당에 닭장이 있고 눈이 내리면 무릎까지 푹푹 발이 빠지는 곳. 1990년대 말까지 옆 동네에서 호랑이가 출몰했다는 뉴스가 나오곤 했다. 산을 깎아 만든 도로는 어찌나 구불구불하고 아찔한지. 묵호항에 들러 문어와 오징어를 사면, 그건 할머니 댁에 거의 다 왔다는 증거였다. 코끝을 간질이는 바다 내음, 잘 알아들을 수 없는 토박이들의 언어, 할머니 댁 바로 앞 찐빵과 만두가 맛있었던 가게. 근처에 있는 피아노 학원 선생님은 우리 엄마를 보면 늘 누구 댁 며느리 왔다고 크게 인사했다. 어쩜 그때의 풍경이 이리도 선명한지 마치 어제도 그곳에 다녀온 것 같지만, 사실 조부모님이 부산으로 이사한 후 그곳에 간 적이 없다. 벌써 20년 전이다.

두꺼운 이불을 덮어쓴 기억으로 봐서 설이었다. 아니다. 춥지 않은 계절에도 할머니는 늘 우리에게 두꺼운 이불을 건넸다. 용과 봉황이 화려하게 수놓인, 가슴을 짓누르던 목화솜 이불의 단짝 친구는 목침. 고봉밥과 쌍두마차를 이루는 할머니의 사랑이었다. 어린 나에게는 부담스러웠던 투박한 애정. 말린 옥수수를 꼬챙이에 꿰어 만든 효자손으로 등을 긁고, 단단한 꿩 깃털에 잉크를 찍어 그림을 그리던 시골의 풍경만큼이나 내 머릿속에 튼튼하게 자리한 어떤 기억이 하나 있다. 그것은 사촌 언니와 이불을 뒤집어쓰고 감상했던 〈패왕별희 霸王別姬, 1993〉다.

LG가 럭키금성으로 불리던 그 시절의 텔레비전은 채널을 바꾸기 위해서 텔레비전 앞 손잡이를 돌려야 했고, 가끔은 텔레비전 위에 더듬이처럼 솟은 안테나를 이리저리 돌리거나 머리 쪽을 손바닥으로 툭툭 쳐야 화면이 깨끗해졌다. 그 상황에서 비디오 플레이어가 있을 리는 만무했고 언니와 나는 늦은 밤까지 기다린 후에야 KBS 〈명작영화 걸작선〉에서 영화를 볼 수 있었다. 제사와 친척들 상차림으로 기력이 소진된 어른들은 일찌감치 잠이 들었다. 우리는 안방의 목화솜 이불 밑에서 더운 숨을 내뱉으며 엎드린 자세로 텔레비전에 시선을 고정했다.

요란한 화장과 화려하기 이를 데 없는 차림으로 고양이가 앓듯 오묘한 데시벨을 유지하며 노래하는 남자들과 오점이라곤 찾아볼 수 없는 미모로 쓸쓸하게 웃던 장국영의 옆얼굴. 그때 그것이 경극이라는 이름의 중국 전통 예술이고, 경극 배우들은 남자로만 구성되며, 여자 역할을 맡은 사람은 영원히 그 역할에 고정됨을 알게 됐다. 대작의 풍모를 담기에

늙지 않는 사람   45

는 할머니 댁 브라운관이 너무나 작았지만, 그 작은 화면에서 눈을 뗄 수 없게 만드는 이야기의 몰입감만큼은 무엇보다 거대했다.

소년 시절 경극 학교에서 만난 두 사람, 두지와 시투. 두지는 매춘부 어머니에게 손가락이 여섯 개 달린 채 태어났다. 아이를 키울 여력이 없던 그의 엄마는 아직 여물지 않은 아이의 손가락을 잘라 가면서까지 경극 학교에 아이를 내맡긴다. 또래 중 제일 고운 외모를 가진 두지는 원치 않는 여자 역할에 혼란을 느끼지만, 훈련을 위해 아동 학대도 마다하지 않는 경극 학교를 벗어나기란 쉬운 일이 아니다. 친구의 자살로 두지는 마음을 다잡고, 유일하게 비빌 언덕이 되어 준 시투에게 의지하며 최고의 경극 배우로 거듭난다. 영화는 경극이라는 예술과 두 남자의 미묘한 우정을 중심으로, 지난한 중국의 근현대사를 훑어 나간다. 일본군의 침략과 그 이후 일어나는 중국 내부의 분열, 공산당이 집권하며 지식인과 예술인의 숨통을 끊어 버린 끔찍했던 문화 대혁명까지. 그야말로 천카이거라는 거장이 빚어낸 대서사시다. 감독은 이 영화로 제46회 칸 영화제 황금종려상을 수상했다. 칸 영화제 수상작은 재미없다는 세간의 편견과 달리 〈패왕별희〉는 대중성까지 잡았다. 겨우 열 살의 어린 나도 영화를 보며 잠들지 못했으니 말이다.

　평생 우정을 이어 나갈 것 같았던 두지와 시투는 나이를 먹어 가며 점점 틀어진다. '아이들이 다투면서 크는 거지'라고 하기에는 그들은 너무나 장성했고 단지 그들 사이의 문제라고 치부하기엔 사회가 혼란하다 못해 괴기스러울 정도로 억압과 공포에 지배당하고 있었다. 두지의 아편 중독으로 인한 갈등은 둘째 치고 시투 옆에 주샨이라는 여인이 등장하며 그들의 관계는 파국을 향해 달린다. 심지어 주샨은 시투를 향한 두지의 경계를 넘나드는 깊은 감정을 간파했다. 시투를 두고 주샨과 두지는 팽팽한 긴장감을 형성한다. 시투를 붙잡기 위해 자신의 어머니와 같은 매춘부였던 주샨을 모욕하는 장면에서 보여 준 장국영의 연기란…. 도대체 그의 속엔 어떤 우주가 존재하기에 저토록 오묘하고 신비롭게 희로애락을 표현한단 말인가. 어린 나는 감탄에 감탄을 거듭했다. 당시만 해도 외화는 모두 성우의 더빙으로 방송됐다. 비록 장국영의 육성 대신 노련한 한국 성우의 목소리가 덧입혀 나왔지만, 그가 보여 주는 몸짓과 표정, 발걸음과 호흡, 뒷모습까지도 아쉬움을 달래기에 충분했다. 장국영은 눈부신 외모만큼이나 탁월한 연기력을 갖춘 배우였다.

10시면 취침하던 습관 때문인지 밤늦게 시작된 영화에 나는 중간중간 자다 깨다를 반복했다. 그럴 때마다 옆에 있는 언니에게 놓친 내용을 물어봤고 언니는 친절하고 빠르게 요약해 주었다. 다행히 깊은 잠에 빠지지 않은 건 머리 아래 놓인 목침 덕분이었는데, 어떻게 사람이 이렇게 딱딱한 베개를 베고 잘 수 있느냐고 불평하던 내가 유일하게 그것을 좋아한 순간이었다. 도무지 잠에 들 수 없게 만드는 나무 베개를 턱에 받치고 〈패왕별희〉를 엔딩까지 무사히 감상했다.

〈금옥만당 金玉滿堂, 1995〉, 〈종횡사해 縱橫四海, 1991〉, 〈주성치의 가유희사 家有囍事, 1992〉, 〈아비정전 阿飛正傳, 1990〉, 〈해피투게더 春光乍洩, 1997〉, 〈동사서독 東邪西毒, 1994〉, 〈영웅본색 英雄本色, 1986〉, 〈야반가성 夜半歌聲, 1994〉, 〈금지옥엽 金枝玉葉, 1994〉까지. 나는 장국영의 아름다움과 처연한 미소에 매료된 사람들 중 하나였고 그 찬란한 유혹에서 절대 빠져나오지 않기로 굳게 다짐했다. 때로는 아이같이 천진하며 때로는 더없는 남성미로 여심을 뒤흔들었고 때로는 중성적인 매력으로 다가와, 우리를 그의 마수에 옭아맸다. 언제 봐도 푸릇푸릇한 젊음이 살아 있는 그의 얼굴. 나는 그에게 늙지 않는 신비한 DNA가 있는 게 아닐까 의심하기도 했다. 그가 1956년생이라는 사실이 여전히 믿기지 않는다.

1990년대, 영국의 품을 떠날 생각에 수심이 깊었던 홍콩은 흉흉했고 그 영향인지 홍콩 영화계도 화려한 스포트라이트에서 점점 멀어지기 시작했다. 2000년대에 들어서며, 홍콩에서는 〈무간도 無間道, 2002〉를 제외하고는 딱히 인상 깊은 영화가 나오지 않았다. 그나마 한 시대를 풍미했던 걸출한 스타들이 가까스로 영화계를 지탱하고 있었고, 장국영은 그 중심이었다. 2003년 만우절, 그는 거짓말처럼 우리를 떠났다. 그의 죽음은 정말로 그를 '늙지 않는 사람'으로 만들었다. 죽음이 부여한 영원한 생. 인생은 참으로 아이러니하다. 〈패왕별희〉를 함께 봤던 사촌 언니와 잠을 청하는 명절은 다시 돌아오지 않았다. 여러 가지 사정으로 사촌 언니를 십수 년째 보지 못했는데, 언니를 생각할 때면 여전히 〈패왕별희〉를 함께 보던 열일곱 살 언니의 얼굴만이 떠오를 뿐이다. 언니와 내가 공유한 시간도 거기에서 멈췄다. 나에겐 늙지 않는 사람이 하나 더 있구나.

그 이후, 일부러 장국영이 청춘스타의 얼굴로 등장하는 유쾌하고 아기자기한 영화만 골라 봤다. 도저히 그의 슬픈 얼굴을 볼 자신이 없었다. 그는 살아 있는 시간 대부분을 영화 속 주인공으로 보냈다. 다양한 배역을 맡아 다양한 생을 살았으며 그만큼 다양한 감정을 우리에게 보여 줬다. 유쾌한 장면 속에 설핏 스치는 그의 쓸쓸함을 볼 때면 나는 조용히 빨리 감기를 눌렀다. 한 손에는 부를 한 손에는 명예를 거머쥐고 한평생 대중의 사랑을 받고 살아도 막연하게 들이닥치는 외로움과 공허는 어쩔 수 없나 보다. 삶의 쓴맛을 배웠다.

그의 죽음에 대한 충격이 채 가시지도 않았을 때, 그의 친구이자 내 가슴 속 영원한 카리스마 여제였던 매염방도 난소암으로 죽음을 맞았다. 전성기를 대표하던 배우들도 은퇴를 이유로 하나둘 사라져 갔다. 그들이 영화계를 떠난 것인지, 홍콩이라는 도시를 떠난 것인지는 알 수 없다. 다만 홍콩을 떠올릴 때 향수를 느끼는 것은 그들도 나도 같을 것이다. 장국영이 존재하던 홍콩의 영화계가 다시 돌아올 수 없듯, 과거의 영광을 모조리 되찾은 홍콩과 재회하는 일은 이제 불가능할지도 모른다. 넘치는 기운으로 약동하던 과거의 홍콩을 회상하다 보면, 장국영이 떠났던 그날처럼 속절없이 아득한 기분에 잠기고 만다.

비디오 키드의 생애

좋아하는 영화 목록을 정리하면
언제나 그 순간을 지켜 준 사람이 따라온다.

오! 나의 여신님

이성에 눈을 뜨기 전 일찍이 최애에 눈을 뜨기 시작했으니….

될성부른 덕후는 떡잎부터 알아본다고, 초등학교 4학년 무렵부터 고전 영화에 슬슬 눈뜨기 시작한 나는 비디오 가게를 빼곡히 채운 진열장 제일 아래 칸에서 〈오드리 헵번 명작 시리즈〉를 발견한다. 한 케이스당 세 편의 비디오가 들어 있었고 시리즈는 두 가지로 나누어져 비디오는 총 여섯 편이었다. 고전 영화답게 대여 기간은 4박 5일.

그때 나는 오드리 헵번을 어느 정도는 알고 있었다. 다만 배우로서의 명성보다는 그녀가 죽기 전까지 행한 봉사와 구호 활동에 대한 일화들로. 그녀가 죽고 얼마 뒤 제작된 다큐멘터리를 EBS 교육 방송에서 봤기 때문이다. 무수한 명작들 사이에서 살짝 고민하다 조금은 친숙한 오드리 헵번을 선택했다. 그리고 그 선택은 옳았다.

사랑스러운 공주님의 하룻밤 탈출기를 그린 〈로마의 휴일 Roman Holiday, 1953〉, 전형적인 캔디형 아가씨로 등장해 두 형제 사이에서 사랑의 줄다리기를 펼치는 〈사브리나 Sabrina, 1954〉, 모델 성공기를 다룬 〈화니 페이스 Funny Face, 1957〉,

트루먼 카포티의 원작을 바탕으로 한 〈티파니에서 아침을 Breakfast at Tiffany's, 1961〉, 코믹과 미스터리가 한데 섞인 〈샤레이드 Charade, 1963〉, 조지 버나드 쇼의 연극을 원작으로 길거리에서 꽃을 파는 아가씨를 귀부인으로 만들기 위해 특훈에 돌입하는 〈마이 페어 레이디 My Fair Lady, 1964〉까지! 영화 내용에 따른 호불호는 있어도 오드리 헵번이라는 배우를 사랑하지 않는 일은 불가능하다고 생각될 정도로, 진솔함과 우아함을 동시에 갖춘 그녀는 눈부시고 아름다웠다.

이 중 내가 제일 좋아하는 영화는 〈사브리나〉와 〈화니 페이스〉였다. 〈화니 페이스〉라니. 영어로는 'FUNNY FACE'지만 그 시절에는 F를 다 저렇게 표기했다. 훼미리마트, 환타지월드, 훼이셜크림처럼. **(처음 휘트니 휴스턴을 알게 됐을 때, 혹시 '휘트니 퓨스턴'인데 우리나라에서만 저렇게 부르는 것은 아닌가 의심하기도 했다)**

〈화니 페이스〉는 전형적인 신데렐라 스토리다. 평범한 서점 직원이 멋진 모델이 된다는 이야기인데, 지금으로 치면 길거리 캐스팅이 아닐까. 짐작하건대 당시 할리우드에서 파리란 부유하고 세련됨을 상징하는 최고의 도시였던 것 같다. 화려한 스포트라이트를 받는 모델들이 등장하는 만큼 이 영화에도 어김없이 파리가 등장한다. 영화의 압권은 파리의 어느 바에서 오드리 헵번이 거리낄 것 없이 유쾌하고 발랄하게 춤을 추는 장면이다. 배우가 되기 전에 무용수로 활동해서 그런지 팔다리를 쭉쭉 뻗으며 끼를 뽐내는데, 나는 아직도 그 장면이 텔레비전에 나오면 넋을 놓고 보게 된다. 나비보다 가볍게 날아 벌처럼 내 가슴에 사랑의 화살을 쏜 그녀. 보통 사람들이 오드리 헵번을 〈로마의 휴일〉 속 트레비 분수 장면이나 〈티파니에서 아침을〉 속 오프닝 장면으로 기억하는 것과 달리, 나는 자유로이 춤추고 신나게 웃어 젖히던 〈화니 페이스〉 속 모습으로 그녀를 소환하곤 한다.

그리고 사브리나. 오, 사브리나! 〈사브리나〉 또한 굉장히 전형적인 스토리다. 어느 저택의 운전기사 딸로 촌스러운 외모에 아무에게도 관심을 받지 못하던 주인공이 파리 유학을 마치고 (역시 미국인에게 파리란!) 세련미 넘치는 모습으로 다시 돌아온다. 그리고 저택에 사는 두 남자(심지어 형제)에게 관심을 받고 파티하고 고백하고 오해하고 뭐 그러다 그중 하나와 잘된다는 이야기다.

오드리 헵번을 사이에 두고 사랑의 숙적이 된 험프리 보가트와 윌리엄 홀든은 당대 최고의 배우였을지 몰라도, 어린 내 눈에는 그저 나이 든 중년 아저씨로 보여서 설렘이 없었다. 대신 긴 속눈썹에 그렁그렁한 눈망울을 지니고 큰 키만큼 긴 팔다리를 가진 오드리 헵번이, 때로는 귀엽게 때로는 우아하게 미소 짓는 모습에 완전히 반하고 말았다. 특히 그녀가 입고 나오는 옷을 보며 나는 〈위대한 개츠비 The Great Gatsby, 2013〉에서 리넨 셔츠에 눈물짓던 데이지 버금가는 물욕을 드러낼 수밖에 없었는데, 오드리 헵번은 당시 지방시의 뮤즈였다는 사실. 〈사브리나〉에 입고 나온 그녀의 옷들은 지금 봐도 어찌나 근사한지.

영화 속 그녀가 여전히 스타일리시하고 사랑스럽다는 사실에 반대표를 던질 사람은 얼마 없을 것이다. 만약 그녀가 21세기 배우라면 매일 파파라치에게 사진을 찍히며 패션 블로그의 단골 스타가 되었을지도 모른다. 여담이지만 오드리 헵번은 〈사브리나〉 이후로 지방시와 엄청나게 친해져 약혼할 뻔했다고 한다. 하지만 이내 포기하고 평생 우정을 지키며 베스트 프렌드로 지냈다고 하니, 친근한 미소로 나를 포근히 안아 주던 헵번 언니도 쿨내 진동하는 할리우드 사람이었음을 실감한다.

〈오드리 헵번 명작 시리즈〉를 모두 감상하고 난 뒤, 오드리 헵번의 광팬이 됐다. 나는 〈로마의 휴일〉에 나오는 헵번처

비디오 키드의 생애

럼 앞머리를 자르기도 했고 〈문 리버 Moon River〉의 피스를
사서 바이올린을 연주하기도 했고 영어 학원에서 '오드리'라
는 영어 이름을 쓰며 대리 만족을 느끼기도 했다. 그 시간은
꽤 오래 지속됐고 성장하는 중 헵번의 영화를 몇 편 더 봤다.
1990년대 유행하던 삼성 커플 TV(**일명 탱크**)의 녹화 예약 시스
템을 이용해 공비디오에 헵번의 비디오를 녹화했던 것이다.
거기엔 헵번에게 여우 주연상을 안긴 〈파계 The Nun's Story,
1959〉(**심지어 NHK에서 방영한 것**)와 그녀가 맹인으로 등장하는
스릴러 〈어두워질 때까지 Wait Until Dark, 1967〉를 담았다.

　비디오 시대가 막을 내리며 우리 집에도 비디오 플레이어
가 사라졌지만 나는 오드리 헵번이 나오는 비디오테이프를
오랫동안 버리지 못했다. 어린이 특유의 정직한 글씨체로 '건
드리지 마시오. 오드리'라고 적힌 그 비디오테이프와는 내 나
이의 앞자리가 2로 바뀐 후에야 비로소 이별할 수 있었다.

이 영화를 꼭 봤으면 해

어린 나에게는 몇 가지 행운이 따랐는데, 그중 최고는 시기마다 취향을 나눌 수 있는 좋은 친구들이 존재했다는 것이다. 그 시작에 Y가 있었다.

초등학교 5학년이 되어 처음 만난 Y는 큰 키에 짧은 머리, 하얀 피부에 새침한 표정을 한 아이였다. 남자아이들에게는 선망의 대상이, 여자아이들에게는 질투의 대상이 되었고, 키가 크다 보니 옷도 아동복이 아닌 여성복을 입었다. 김민제 아동복이 최고인 줄 알았던 나에게 ENC, SYSTEM, 톰보이를 입는 그 아이는 미지의 존재였다. 게다가 작은 키에 활달한 성격, 남들 웃기는 것에 보람을 느끼고 대부분의 시간을 깐족거리기 좋아했던 나는, 그 아이와 친해질 거라는 생각조차 하지 못했다. 하지만 초등학교 5학년, 같은 반이 되면서 소위 말하는 단짝이 되어 늘 붙어 다녔다. 어떻게 친해졌는지는 기억나지 않는다. 아무튼 그 아이와 나 사이에는 공통점이 하나 있었는데 바로 영화였다.

그 아이도 나만큼 영화를 좋아했다. 우리는 점심시간에 도시락을 먹으며 전날 본 고전 영화들에 대해 나름의 토론을 벌이기도 했다. 그 아이 부모님이 시골에 내려가신 날에는 그 집에서 1박을 했다. 마릴린 먼로의 〈7년만의 외출 The

Seven Year Itch, 1955〉을 보며 양파링을 먹다 잠이 들었다. 그 아이는 개인 컴퓨터를 소지한 유복한 가정의 외동딸이었다. 요란한 소음을 내뿜는 모뎀을 켜 놓고 천리안인지 나우누리 인지 하이텔인지에 들어가 채팅을 했다. 우리는 영화방에 들어가 서울 소재 명문대 신방과에 재학 중인 학생이라 거짓말을 하며 깔깔댔다. 말도 안 되는 삐삐 번호를 남겨 상대에게 혼란을 가중시킨 기억은 아직도 부끄럽게 남아 있다. 그러던 어느 날, Y가 진지한 표정으로 말했다.

"니 안드레이 타르코프스키 아나?"
"아니, 몰라. 과학자가?"
"아니, 영화감독. 내 어제 그 사람 영화 봤거든."
"맞나? 재밌드나?"
"재미? 그걸 잘 모르겠다."
"무슨 소리고? 뭔 내용인데?"
"나무! 영화에 나오는 아저씨가 죽은 나무에 계속 물을 주거든. 나무를 멀리서도 보여 주고 가까이서도 보여 주고 그런다."
"뭐라카노. 나무만 나오면 다큐 아이가?"
"나무 말고 사람도 나온다."
"사람이 뭐 하는데?"
"얘기."

"무슨 얘기?"

"이런저런 얘기."

대화는 이런 식이었다. Y는 내가 그 영화를 꼭 봤으면 좋겠다고 했다. 그 영화를 보면 무슨 말인지 알 수 있을 거라면서. 나무와 마지막 장면이 계속 기억에 남는다고. 나는 고개를 끄덕였지만 그 영화를 당장 보진 않았다. 죽은 나무에 물 주면서 희생을 외치는 영화라니 어쩐지 기괴한 느낌이 들었다.

Y는 안부 인사처럼 말했다. "그거 봤나?" 그러면 나는 "아니, 볼 거다."라고 답했고 그런 날이 조금 더 이어졌다. 더 이상 〈희생 The Sacrifice, 1986〉을 미루는 건 우정을 위해 안 될 일이라는 생각이 들었다. 비디오 가게에 가서 〈희생〉 있어요?"라고 물었다. 가게 주인은 나를 한번 보더니, 〈희생〉 없다."라고 했다. 충격이었다. 도대체 영화에 어떤 나무가 등장하기에 사람들은 아무 재미도 없어 보이는 이 영화를 보는 것인가. 아무도 예상하지 못한 한국에서의 흥행. 이 영화는 유럽보다 한국에서 인기가 더 많았다고 한다. 칸 영화제 4개 부문 동시 수상 덕분이었나? 어쨌거나 나는 〈희생〉을 예약했다. 비디오가 반납되자 전화가 왔고 부리나케 비디오 가게로 갔다. 그리고 Y에게 전화를 걸었다. 나도 〈희생〉을 본다고.

Y는 약간 들뜬 목소리로 "아, 맞나?" 하고 대답했다.

⟨희생⟩은 관람하는 사람에게 희생을 요구하는 영화였다. 할리우드식 해피 엔딩과 오우삼식 홍콩 액션이 보여 주는 명쾌한 영상 문법에 익숙했던 나는, 이 영화가 보여 주는 알 수 없는 상징에 혼란스러웠다. 그리고 나무. 나무가 정말 오래 나왔다. 안드레이 타르코프스키가 즐겨 쓰는 롱 테이크 기법은 어린 내게 공포감마저 주었는데, 영화 이론에는 문외한이었지만 카메라가 무언가를 오래도록 보여 준다는 것은 그것이 상당히 중요한 장면이라는 것 정도는 알고 있었기 때문이다. 도무지 나무의 의미를 알 수 없었다. Y의 말대로 나무 외에 사람들도 나왔다. 우편배달부도 나왔고, 죽은 나무에 물 주는 주인공의 늦둥이 아들도 나왔고, 다른 자식들과 부인과 친구들도 나왔고, 하녀인 마리아도 나왔다. 그들은 전쟁에 대해 이야기하고 예술에 대해 이야기 나눴다. 그들은 마치 고전주의 명화 속에 등장하는 사람들처럼 앉아 있었다. 이야기가 클라이맥스에 치닫자 당황스러움은 배가되었다. 다른 영화에서는 초반 이야기가 복잡해도 후반 클라이맥스가 되면 비밀이 밝혀지고, 악인은 응징당하고, 선인은 축복을 받고, 그것도 아니면 모두가 멸망을 하거나. 아무튼 가슴 한구석을 시원하게 풀어 주는 무언가가 등장했는데 ⟨희생⟩

은 그렇지 않았다. 나는 생각했다. '영화를 봤으니 무언가를 말해야 할 텐데 도대체 그 무엇도 알 수가 없다!'고.

점심시간, 교정에 앉은 Y에게 내가 먼저 말했다. "나무." Y는 고개를 끄덕였다. 우리는 그 이상 〈희생〉에 대해 말을 나누지 않았다. 영화가 나무를 남겼듯, 우리 사이에도 불필요한 설명 대신 나무만이 남았다. 우리는 여럿이 어울려 있다가도 갑자기 "나무." 하고 말했다. 그럼 다른 한쪽도 "나무." 하고 대답했다. 그럼 다른 아이들은 "나무가 왜?"라고 물었다. 그럼 우리는 "희생을 해야 한다."고 말했다. 아마도 우리는 〈희생〉을 봤다는 사실만으로 우리가 또래보다 더 큰 세상에 한 발 더 가까이 닿았다는 느낌을 가졌는지도 모르겠다. 정보 획득이 용이하지 않았던 시대인 만큼 남들과 다른 자기만의 취향이 곧 남다른 자아가 되었으니 말이다.

〈희생〉이 활로가 되어, 미국이나 중화권을 제외한 다른 나라의 영화도 조금씩 찾아보기 시작했다. 비디오 가게 사장님들에게 추천을 부탁하기도 하고 비디오 가이드에 '예술'이라는 문구가 들어가 있으면 무조건 찾아봤다. 주말에는 영화 평론가 유지나가 영화에 대해 이런저런 설명을 하는 영화 프로그램을 챙겨 봤다. 나는 다방면에 호기심을 가지고 잡지식을 키워 나가며 무럭무럭 성장했다. 그리고 어느덧, 영화의 서브텍스트를 어느 정도는 읽을 수 있게 되었고 선호하는 감독과 시나리오 작가, 촬영 감독까지 생겼다. 그럼에도 불구하고 〈희생〉을 이해하는 것은 삼각 함수와 미적분을 이해하는 일만큼 어려웠다. 〈솔라리스 Solyaris, 1972〉, 〈거울 The Mirror, 1975〉, 〈이반의 어린 시절 My Name is Ivan, 1962〉 같은 안드레이 타르코프스키의 다른 영화도 마찬가지였다.

타르코프스키는 자신의 영화를 해석하지 말고 그저 보고 느끼라고 말했다. 그러면서 지루함을 견딜 수 없다면 자신의 영화를 볼 자격이 없다는 말을 덧붙였다고 한다. 이 얼마나 고집스럽고 오만한 예술가인가. 그럼에도 그를 싫어할 수 없는 이유를 대라면, 무시무시할 정도로 관객의 인내를 시험하는 난해한 영상 속에 담긴 메시지 때문이리라. 〈희생〉뿐만 아니라 그의 영화 전반에는 인간에 대한 고찰과 세계에 대한 사랑이 담겨 있다. 그의 영화는 늘 구원을 말한다. 그의 영화가 지루한 것은 그 메시지를 현미경으로 들여다보듯 세밀하게 보여 주기 때문이다. 오렌지로 비유하자면, 여타의 상업 영화가 오렌지의 단단한 껍질을 벗겨 내며 그 속에 깃든 과육의 달콤함을 부각한다면, 그의 영화는 오렌지를 벗겨 내고 과육을 절단하여 뭉쳐 있는 알갱이를 뜯어내고 알갱이를 짓이겨 그것을 현미경에 올려놓은 것이라 하겠다.

그는 왜 이런 영화를 만드는 걸까? 추측하건대 그가 세계에 만연한 누추함과 비루함, 인간의 잔악성과 비극을 매우 민감하게 느끼고 있기 때문이 아닐까 싶다. 말하자면, 지구의 자전을 느끼는 것과 같다. 지구의 자전을 느끼는 사람이 어느 날 지구가 어제보다 조금 더 빠른 속도로 돌아가고 있음을 느끼고 비명을 지르는 모습이랄까. 그 미세한 속도에도 지구는 기후 변화를 겪으며 종말을 맞을지도 모를 일이다. 그러니 '느끼는 사람'은 비명을 지를 수밖에 없다. 그래서 그의 영화는 온통 비명이며, 다만 조금 더 우아하고 묵직하게 비명을 지르는 것이리라. 이 모든 것을 함축해 말하면, 그는 누구보다 민감하게 비극의 전조를 느끼던 사람이라는 것.

"제발, 인간들이여. 이 암울한 종말의 기운에 세뇌되지 말고 깨어 있자고. 깨서 생각을 하자고. 생각을 하고 조금 더 나은 방향으로 삶의 키를 돌리자고. 그리고 그 키를 돌리는 것은 어쩌면 우리가 이제껏 살며 들였던 힘보다 더 들 수도 있고 우리가 보낸 삶보다 더 오래 걸릴 수 있으니 단단히 각오를 하자고. 이 땅의 살아 있는 생명들을 위해서, 우리의 아이들을 위해서 조금 더 나은 우리가 되자고."

얼마 전 〈희생〉을 다시 보며 타르코프스키가 칸트와 비슷한 구석이 있다는 생각이 들었다. 원칙주의자에 금욕주의자이며 《순수이성비판》을 써 모두를 혼란에 빠뜨린 칸트가 철학을 통해 말하려 한 것도 결국 우리 모두 물질적인 것에만 경도되지 말고 제대로 된 정신으로 사랑의 마음을 가지고 평화롭게 살자는 것이었으니까. 다만 그걸 이해하기 위해서는 엄청난 지루함과 난해함을 거쳐야 하고 그 과정을 다 거치고 나서도 자신이 이해한 게 맞는지 계속 확인해야 한다. 엄청 피곤해져서 냉담해진다는 점에서도 왠지 비슷하다.

사실 〈희생〉이라는 영화에 대해서 이야기하자면 몇 페이지나 필요할지 모르겠다. 감독은 자신의 영화를 해석하는 것이 바보짓이라고 했지만 도대체 그 영화를 해석하지 않는 일이 가능할까 싶다. BTS의 음악을 들으며 어깨춤을 참는 일과 비슷하다고 할 수 있다.

아, Y! 감당할 수 없는 난해한 영화를 추천한 어린 시절 단짝이여! Y는 〈희생〉 외에도 김창열 화백의 〈물방울〉을 감상할 수 있는 화집을 빌려주기도 했고 주주클럽의 《16/20》 음반을 알려 주기도 했다. Y와 나는 족히 10센티가 넘는 키 차이로 외관상 균형은 좀 안 맞았지만 마음은 찰떡처럼 맞아서 서로에게 많은 영향을 주었다. 다른 중학교로 진학하는 바람에 자연스럽게 연락이 끊겼지만 나는 아직도 열두 살 Y의 얼굴을 또렷이 기억한다. 더불어 Y는 팝 음악의 심오한 세계에 눈을 뜨게 해 준 친구, K를 소개한 장본인이기도 하다. 시간이 지나도 이래저래 고마운 마음이 든다. 이제 삼십 대의 끝자락에 선 Y도 어딘가에서 자신의 삶을 묵묵히 살아가고 있겠지.

부드럽고 찬란했던 매혹과 타락

나는 일곱 살부터 이승환을 사랑하기 시작했다. 이승환의 영향으로 윤상과 윤종신, 015B의 음악도 즐겨 들었고 또 거기에서 가지를 뻗어 이소라, 강수지, 토이, 전람회, 자화상, 패닉의 음악을 들으며 음악적 감수성을 키워 나갔다. 당시 또래들의 인기 가수는 영턱스클럽과 쿨이었다. 이승환에 대한 나의 사랑은 좋게 말하면 또래보다 성숙한 사랑이었지만, 대부분은 변종이라 여겼다. 남들이 뭐라 하든 이승환에 대한 내 열렬한 사랑을 숨길 수 없던 나는 이런 이야기를 나눌 수 있는 상대를 찾기에 여념이 없었다. 그때 Y가 기적처럼 K를 소개해 주었다.

K와 나는 어색하게 벤치에 앉아 서로가 몇 반인지 소개하고 격식을 차린 스몰토크를 이어 가다 음악과 만화 이야기를 나누며 급속도로 친해졌다. K는 서태지 마니아였고 팝 음악 전도사였으며 한국 대중음악사에도 빠삭한 지식을 가진 친구였다. 마침 내가 빠져 있던 **(지금은 《안녕, 자두야》로 유명하지만 한때 우리나라 최고의 로맨스 만화를 그리던)** 이빈 작가의 《크레이지 러브 스토리》를 K도 읽고 있었다. K는 그 만화에서 테마 송으로 등장한 라디오헤드의 〈Creep〉이 자신이 만든 믹스 테이프 안에 있다 말하고는 매우 노련한 동작으로 마이마이에 문제의 테이프를 꽂았는데, 나는 그 순간 K를 존경하기로 마

음먹었다.

며칠이 지나 K의 집에 초대를 받았다. K는 악기점 사장님을 통해 구한 팝 매거진《롤링스톤》을 펼쳐 놓고는 팝 음악에 대해 본격적인 강의를 시작했다. 나는 여전히 이승환의 열렬한 팬이었지만 K의 강의를 들은 후에는, 홍콩의 음악 채널 '채널 V'를 **(MTV가 안 나와서)** 보며 TLC와 메탈리카, 펄잼, 레드 핫 칠리 페퍼스, 핸슨의 노래를 흥얼거리는 아이로 변모했다. 그때부터 〈배철수의 음악캠프〉도 본격적으로 들었다.

천운으로 나와 K는 같은 중학교로 진학했다. 반은 달랐지만 쉬는 시간마다 복도에 모여 삼삼오오 떠들기를 즐겼다. 어느 날 K가 엄청나게 멋진 영화를 봤다고 말했다. 그 영화는, 제목을 입으로 내뱉는 것만으로도 힙한 무언가가 느껴지던 토드 헤인즈 감독의 〈벨벳 골드마인 Velvet Goldmine, 1998〉 이었다.

영화 〈인질 A Life Less Ordinary, 1997〉로 이완 맥그리거의 광팬이 된 나에게, 그가 **(K의 표현을 빌리자면)** '섹시한 미치광이 로커'로 등장한다는 이 영화를 보지 않을 이유가 없었다. 하지만 아쉽게도 비디오는 미성년자 관람 불가였다. K를 통해

비디오 키드의 생애

영화의 정보를 들은 나는, 차마 엄마에게 이 비디오를 빌려 달라고 말할 수 없었다.

〈벨벳 골드마인〉은 1970년대 영국의 글램록 스타들이 행할 수 있는 온갖 나쁜 짓은 다 하는 영화였다. 영화를 보기 위해 몇 번의 도전을 했으나 모두 실패로 돌아갔다. 다행히 K의 도움으로 당시 인기였던 〈트레인스포팅 Trainspotting, 1996〉을 보는 것으로 아쉬움을 달랬다. 우리는 컵라면을 먹으며 영화를 보다 극 중에서 이완 맥그리거가 약에 취해 변기 속으로 빨려 들어가는 신에서 구역질을 했다. 선진국이라 여겼던 영국이 영화 속 공중화장실 장면으로 이미지 실추를 맞이하는 건 아닌가 걱정하면서.

시간은 흘렀다. 중학교 2학년 여름방학에 다른 도시로 이사를 가면서 K와도 연락이 끊겼다. 새로운 생활에 적응하기 위해 고군분투하던 내게 〈벨벳 골드마인〉을 볼 여유는 허락되지 않았다. 그리고 스무 살이 되던 해, 빨간 비디오는 모조리 보겠다는 일념으로 동네에 몇 없는 비디오 가게를 찾았고, 그중 한 곳에서 〈벨벳 골드마인〉을 발견했다.

1970년대 영국 글램록의 최고 스타인 브라이언 슬레이드

(조나단 리스 마이어스)가 월드 투어 콘서트 중 총에 맞아 사망한다. 그리고 밝혀진 자작극. 브라이언의 죽음을 슬퍼하던 대중은 그 사실에 분개한다. 10년이라는 세월이 흐르고 브라이언의 열렬한 팬이자 뉴욕 헤럴드의 기자인 아서 스튜어트(크리스찬 베일)는 자작극 특집 기사를 맡게 된다. 아서는 기사를 쓰기 위해 브라이언의 전 매니저와 그의 부인 맨디(토니 콜렛), 그리고 동료이자 스캔들 상대였던 커트 와일드(이완 맥그리거)를 만난다. 그러면서 아서는 브라이언이라는 사람의 실체에 점점 다가선다.

영화에서 브라이언 슬레이드는 평행 우주에 살고 있는 맥스웰 데몬이라는 가상의 캐릭터를 만들어 무대 위에서 연기한다. 이는 '지기 스타더스트'라는 캐릭터로 무대에 올랐던 초창기 데이비드 보위를 대놓고 모델로 삼은 것이다. 정작 데이비드 보위는 이 영화를 무지막지하게 싫어했다고 한다. 영화에는 글램록을 하는 로커들이 숭상했던 작가 오스카 와일드의 오마주도 어김없이 등장하고, 데이비드 보위를 연상시키는 비주얼을 브라이언 슬레이드에게서 찾아볼 수도 있다.

브라이언 슬레이드가 보여 주는 시각적 묘미는 매끄러움이다. 마치 제프 쿤스의 조형물을 연상시키듯 매끈하고 정돈

되어 있지만 그 안에 엄청난 에너지와 퇴폐가 깃들어 있다. 드래그 퀸 저리 가라 싶은 화려한 분장과 휘날리는 러플, 어떻게 입었는지 신기할 정도로 꽉 끼는 가죽 바지와 킬 힐, 폭발하는 성량과 신들린 몸짓이 주는 시각적 쾌감들. 잔 근육 사이로 흐르는 한 바가지의 땀은 냄새마저 느껴질 지경이었고 단지 그걸 바라보고 있다는 사실만으로도 죄를 짓는 기분이 들었다. 브라이언과 맥스웰이라는 캐릭터를 동시에 연기하는 조나단 리스 마이어스의 눈빛도 엄청나게 소중하지만, 무엇보다 놀라운 것은 그의 목소리였다. 음악 영화니 당연히 노래를 잘하는 배우를 캐스팅했겠지만, 그가 노래 부르는 것을 듣고 있으면 너무나 성스러운 나머지 그 근원이 환각에서 비롯된 원초적 본능임을 잠시 망각하기도 했다.

이완 맥그리거가 연기한 커트 와일드는 이 영화의 공식 신 스틸러라고 할 수 있는데, 브라이언과 커트 와일드가 처음으로 만나는 장면이 압권이었다. 무대 위에서 가죽 바지 하나만 달랑 입고 온 우주의 에너지를 모아 노래를 부르던 커트 와일드. 흥이 올라 그마저도 벗어 던지고 급기야 속옷까지 몽땅 벗어 버린 채 방방 뛰며 춤을 춘다. 이는 〈MBC 음악캠프〉를 사라지게 만든 한 밴드가 준 충격보다 더 강렬하게 다가왔다. 커트 와일드는 영국에서 완전한 밑바닥 계층 출신으로 이름대로 인생이 와일드 그 자체다. 이야기가 진행되며 브라이언과 커트 와일드는 사업 파트너와 우정의 관계를 넘어 더 깊은 관계로 발전하는데, 이 부분에서 믹 재거와 데이비드 보위의 밀애 루머를 연상시키기도 했다.

이 영화에서 또 '죽이는 인물'은 브라이언의 와이프 맨디 역을 맡은 토니 콜렛과 글램록의 그루피(열성 팬)에서 음악 전문 기자로 성장한 아서, 크리스찬 베일이었다. 정말, 정말, 정말 영화 속으로 들어가 그들을 직접 눈으로 보고 싶은 유혹을 느낄 정도였으니 말 다 했다. 그러니까 사실상 이 영화에 등장하는 모든 인물이 킬링 포인트라고 할 수 있겠다. 이후에도 영국에서는 비슷한 느낌의 음악 영화가 나왔지만 〈벨벳 골드마인〉만큼이나 뇌리에 박힌 영화는 없었다. OST도 엄청나다. 이 음악들은 시간이 지나도 빛이 바래지 않을 거란 확신이 든다. 듣고 또 듣고 천 번을 들어도 질리지 않으니 말이다.

루 리드의 〈퍼펙트 데이 Perfect Day〉를 흥얼거리며 등교하고, 믹 재거의 여친 연대기를 정리하고, 커트 코베인의 유서를 책받침으로 만들어 다니던, K와 나 같은 외유내강형 너드에게 이 영화는 그야말로 바이블과 같았다. 영화를 보고 바로 K를 떠올렸지만, 그때 K와 나는 연락이 닿을 수 없는 상황이었다. 그리고 스물다섯 번째 생일, K는 케이크를 들고 내가 사는 도시로 찾아왔다. 한밤중에 만난 우리는 새삼스레 서로가 성인이 되었음을 신기해하며 술을 마시고 노래방에 가서 라디오헤드, 듀란듀란, 핸슨, 블러, 그린데이, 나탈리 임브룰리아의 노래를 부르고 밤새 수다를 떨었다. 우리가 만나지 못한 시간 동안 K는 〈트레인스포팅〉에 버금가는 방황의 시간을 겪었다고 했다. 그 질풍노도의 시간은 갈란드처럼 아기자기하게 어깨를 장식하는 문신이 되어 자리하고 있었다. 그녀는 그 시간을 슬기롭게 극복했고 당당히 국가고시에 통과했다는 이야기도 들려주었다. 그 짧은 만남 뒤 우리는 다시 연락이 끊겼다. 인생이라는 게 이렇다. 소중한 것들이 마냥 내 옆에 머물지만은 않는다.

며칠 전 아이가 잠든 틈을 타 〈벨벳 골드마인〉을 다시 봤다. 어떤 영화들은 시간이 지나 다시 보면 낡고 볼품없기도 한데 이 영화는 그렇지 않았다. 영화를 보는 내내 낸시와 시드의 얼굴이 프린트된 티셔츠를 당당히 입고 학교를 다니던 십 대 시절로 돌아갈 수 있었고, 여전히 영화 속 그들의 노래와 몸짓에 눈을 뗄 수 없었다. 토드 헤인즈 감독의 최근작인 〈캐롤 Carol, 2015〉과 〈원더스트럭 Wonderstruck, 2017〉도 일품이었다. 그가 단지 한 시대를 풍미한 감독에서 끝나지 않아 참으로 다행이다. 흘러간 세월은 돌릴 수 없지만 그때 그 마음을 고스란히 일깨워 주는 음악과 영화가 있다는 건 정말이지 축복이다. 부디 이 글을 읽는 누군가에게도 그러한 행운이 흘러넘치기를! 때론 작은 것들이 오늘을 버티게 하는 전부가 되기도 하니.

금기된 세계

만화책을 보며 글을 깨우친 나에게 훌륭한 교재가 되어 준《닥터 슬럼프 Dr.スランプ アラレちゃん, 1980》가 해적판이었다는 사실을 알게 된 것은 국민학교 입학 후였다.《아이큐 점프》나 《소년 챔프》 같은 만화 잡지를 제외하고 내가 본 단행본 대부분이 해적판이었다는 것은 어린 내게 작은 충격을 주었다. 어째 책 표지가 조악할 만큼 알록달록하고 사이즈도 제각각인 경우가 허다하더라니….

당시만 해도 일본 대중문화는 금기의 대상이었다. 만화책의 경우 간간이 수입되었지만, 반드시 검열을 거쳐 왜색을 걷어 낸 후에야 대중에게 겨우 소개되었다. 정식 허가를 받지 않은 해적판이라 할지라도 국민 정서를 고려해 주인공들의 이름이 한국식으로 개명되었다. 아라레는 아리로, 슬럼프 박사는 영구 박사로 탈바꿈했다. 나중에 정식판을 본 아이들과 만화 이야기를 하며 인물의 이름 때문에 다소 혼란을 겪기도 했다. **(《닥터 슬럼프》를 봤는데 영구 박사를 모른다는 게 말이 되니?)** 커다란 눈망울의 귀여움이 한도를 초과한 아라레를 보고 그냥 지나칠 수 없던 나는 국민학교 입학 준비를《닥터 슬럼프》와 함께했다. 캐릭터에 깜빡 속아 돌발적으로 등장하는 수위 높은 농담과 희롱들을 부모님은 전혀 몰랐다. 일곱 살의 나는 모든 걸 이해할 나이는 아니었지만 그런 장면들이 썩 건강하지 않다는 막연한 예감은 있었으므로, 허락받은 와중에도 몰래몰래 곁눈질하며 만화를 보는 버릇을 들였다.

"문구점에서 질 나쁜 일본 만화를 구입하다 걸리면 선생님 한테 혼날 거야!" 담임 선생님의 공지에 나는 그런 만화책을 팔고 있는 문구점 딸로서 한 번, 해적판 만화책을 국어 교재로 쓰고 있는 학생으로서 한 번 놀라움에 휩싸였다. 하지만 경각심을 느끼고 멀리하기엔 이미 너무 먼 길을 온 후였다. 만화책을 보지 않으면 눈앞이 흐려지는 특이 증상을 가진 나는 새 시리즈를 하염없이 기다리며 선생님의 경고를 어겼다. 겨우 만화 정도인데 뭐 어떠랴.

나는 《닥터 슬럼프》라는 장대한 세계와 《드래곤볼 ドラゴンボール, 1984》을 거쳐 온갖 분야의 '중국풍을 곁들인 무술 소년' 시리즈를 정독했다. 그리고 한국의 근현대사가 담긴 어린이 역사 만화를 보고 나서야 일본 만화에서 손을 뗄 수 있었다. 조국에 대한 개념도 희박했고 나라를 잃은 한이 무엇인지 알 수 없었지만, 그 안에 깃든 인간으로서의 설움과 핍박을 보자 분노와 슬픔이 치솟았다. 어린 마음에 후손으로서 뭐라도 해야겠다는 생각이 들었다.

일본 하면 만화가 떠오를 만큼 당시 일본 만화의 위상은 위풍당당했다. 다른 건 몰라도 만화만큼은 주위에서 흔하게 접할 수 있었다. 나는 재미에 대한 욕구를 과감히 포기하고 일본 만화만큼은 보지 않기로 결심을 내렸다. 텔레비전에서 방영되는 일본 애니메이션과도 거리를 두었다. 체육 대회 날 〈베르사유의 장미 ベルサイユのばら, 1972〉, 〈달의 요정 세일러문 美少女戦士セーラームーン, 1992〉, 〈천사 소녀 네티 怪盗セイント・テール, 1995〉의 주제가를 부르며 열띤 응원을 벌이는 아이들 틈에서 나만 노래를 몰라 입만 뻥긋했으니 일본 만화를 향한 마음의 빗장이 얼마나 단단했었는지 알 수 있다.

허나 금기는 항시 뜨거운 욕망을 일깨우니. 이미 일본 만화는 도처에 만연해 나에게 더 이상 특별하지 않았다. 그러나 음악과 영화는 달랐다. 일본 대중문화에 빨간 선을 그어 출입을 불허했음에도 우리들은 용케 엑스 재팬을 들었고 아무로 나미에를 동경했으며 여성 듀오 퍼피(PUFFY)의 불법 테이프를 마이마이에 꽂아 몸을 흔들어 댔다. 아이러니하게도 금지된 일본 문화는 '금기' 그 자체로 탐났다. **(돌이켜 따져 보면 금지되었다는 사실 이외에 딱히 내 취향이었던 것들이 없다)**

일본의 잔재를 떨쳐 내기 위해 국민학교가 초등학교로 명칭을 바꾸던 4학년 어느 날, 당시 일본 비주얼 록의 대표 그룹 라르크 앙 씨엘(L'Arc-en-Ciel)의 광팬이었던 친구 M을 따라 한 문구점으로 갔다. M은 작은 체구에 폭발적인 무대 매너를 보이는 하이도의 엄청난 팬이었다. 그녀는 코팅된 하이도의 사진을 지갑에 몇 장씩 넣어 가지고 다녔으며 하이도와 결혼하기 위해 일본어를 독학하는 열정까지 보여 주었다. 나는 일본 문화에 대한 보고가 담긴 책을 읽는 것으로 그것들을 주변부에서 향유했다. **(이마저도 학교에서 보다가 걸리면 늘 압수당했다)**

문구점은 우리 동네에서 꽤 멀리 떨어진 곳에 있었다. 버스도 타지 않고 터덜터덜 따라간 옆 동네는 생경하기 그지없었다. 다소 상기된 얼굴로 M의 뒤에서 멀뚱거리는 나와 달리, M은 마치 그 바닥이 익숙한 업자처럼 문구점 아저씨와 인사를 나눈 뒤 조용한 목소리로 "오늘 그거 있죠?" 하고 말했다. 아저씨는 마침 '그것들'이 들어온 날이라며 우리를 데리고 문구점 쪽방으로 향했다. 문을 열자 온갖 왜색 짙은 문화의 향연이 펼쳐졌다. "이곳이 바로 문제의 불법 판매 현장입니다!"라는 기자의 고발이 들릴 것만 같아 주위를 두리번거렸다.

긴장되는 와중에도 주머니 속 용돈을 탈탈 털어 아무로 나미에의 사진과 기무라 타쿠야의 얼굴이 그려진 부채를 사 가지고 나왔다. 검정 봉지를 신나게 흔들며 억수로 좋은 기분을 숨기지 못한 채 동네로 돌아온 M과 나. 아마 그때 우리의 표정은 우연히 레어템을 손에 넣은 게이머의 득의양양과 같았으리라. 집으로 돌아와 방문을 잠그고 책상 앞에 앉아 구매한 것들을 보고 또 보았다. 학교에 가져가면 당장 압수당할 물건을 가지고 있다는 사실 자체가 주는 짜릿함이 좋았다. 사소한 비밀을 차곡차곡 쌓아 나만의 세계를 짓던 나날이었다. 이후 몇 차례 M과 문제의 현장을 방문했고 서랍 가득 사진이 들어찰 때쯤 나의 흥미도 일단락됐다.

문어발식 덕질에 심취하던 내게 일본 아이돌의 영향력이 쇠퇴할 때쯤 다시 금기의 세계에 흥미를 돋운 계기가 있었다. 그 계기는 발레 학원 원장 선생님 때문에 일어났다. 커리큘럼을 독하게 짜기로 유명한 선생님은 수업이 끝난 뒤 아이들의 창백한 얼굴에 미안한 마음이 들었는지 어느 주말 과자 잔치를 벌이자며 우리를 학원으로 초대했다. 그날 과자와 함께 포상으로 수여된 것은 미야자키 하야오 감독의 〈이웃집 토토로 My Neighbor Totoro 1988〉였다. 연재만화는 익숙했지만 극장판 만화에는 무지한 나였다.

미야자키 하야오가 여자인지 남자인지도 몰랐고 이웃집 토토로가 사람인지 영물인지도 모른 채 우리는 텔레비전 앞에 모여 앉았다. "애석하게도 자막은 없어." 선생님의 말씀에 "그렇겠죠. 일본 영화는 아직 불법이니까요."라고 시크하게 대꾸했지만, 신문물을 접한다는 설렘 앞에 과자는 안중에도 없었다. 확실히 다른 나라 영화를 자막도 없이 본다는 건 꽤 고역이었다. 과자를 다 먹은 아이들은 무슨 내용인지 전혀 알 수 없다는 투덜거림을 사족으로 달았지만, 나는 그저 남들이 알지 못하는 세계에 가닿은 느낌이 좋아 그들의 뒷담화에 합류하지 않았다. 발레 학원에서 일본 영화를 보았다는 것, 나는 이 문장이 가지는 특수성에 매몰되어 한참을 달떠 있었다.

아이들의 심드렁한 반응에도 아랑곳없이 '토토로를 보았다'는 사실을 이리저리 자랑하고 다녔다. 내용을 제대로 이해하지 못했기에 영화에 대한 감흥은 없었고 오직 비디오를 접했다는 행위 자체가 자랑의 목적이었다. 그러던 중 영화 〈러브레터 Love Letter, 1995〉가 입소문을 타고 한국 대학생들 사이에 틈입했다. 오죽하면 뉴스 한 꼭지에 〈러브레터〉 광풍이 일고 있다는 기사가 나왔을까. '도대체 〈러브레터〉가 뭔데?' 연애편지 한 통 써 본 적 없는 어린아이였음에도 이웃

나라 〈러브레터〉만큼은 훔쳐보고 싶어 안달이 난 상태였다.

"어머니, 아버지. 일본에서 개봉한 영화 〈러브레터〉가 너무 보고 싶은데 어떤 불법적인 경로를 통해 제게 그 비디오를 가져다주실 수 있으신지요?"라는 터무니없는 말을 하지 않을 수 있었던 것은 수학 과외 선생님 덕이었다. 수학이라면 칠색 팔색 했지만 수학 과외만큼은 기다려졌다. 그 이유는 영화 동아리 일원인 언니와 (수학이라는 단어만 들어도 오금이 저리는 나를 위해 선생님은 자신의 존재부터 친근하게 만들었다. 호칭은 그 일환의 하나였다) 최근 본 비디오에 대해 감상을 나눌 수 있었기 때문이다. 풀어 놓으라는 수학 문제는 항상 미뤄 두었지만 언니가 추천한 비디오는 빼놓지 않고 보았다. "이러니 수학 성적이 오를 리가 있겠나?" 혀를 차면서도 언니는, 침을 튀기며 비디오를 예찬하는 나를 미워할 수 없다는 듯 나의 이야기를 인내심 있게 들어 주었다.

빗금만 그어지던 심화 문제 위에 드디어 동그라미가 활짝 핀 날 우리는 기뻐했다. 기쁨을 발판 삼아 나는 용기를 내 물었다. 혹시 〈러브레터〉를 보았느냐고. 언니는 기본 문제조차 낑낑대며 겨우 풀던 내게 한 번도 보여 주지 않았던 '기특함'이 담긴 얼굴로 "어머, 너 〈러브레터〉도 알아?"하고 맞장구를

84

쳐 주었다. 나는 힘차게 고개를 끄덕였다. "안 그래도 얼마 전에 보긴 했는데." 언니의 말이 떨어지자마자 나는 애처로운 강아지 눈빛을 장착했다. "진짜? 그걸 원해? 자막 없는데 괜찮겠어?" 나는 평소보다 조금 더 많은 양의 숙제와 〈러브레터〉를 교환했다.

청초한 얼굴의 나카야마 미호가 소복이 쌓인 눈밭에 누워 있었다. 마치 죽은 사람처럼. 영화의 시작은 온통 하얗고 고요했다. '슬퍼 보이네. 저 여자에게는 무슨 사연이 있을까?' 사랑은 국경을 넘는다고 하지 않던가. 자막 없이도 사랑이라는 언어가 고스란히 전해질 거라는 믿음 하나로 스크린에 집중했다. 그 안에 어떤 미스터리가 깃들어 있을 것이라는 생각은 전혀 하지 못한 채. '도대체 왜 저 여자는 자기한테 편지를 보내고 자기가 답장을 쓰는 걸까? 아까는 도시에 있었던 것 같은데 왜 지금은 집이 다르지?' 여주인공이 1인 2역이라는 사실까지는 모르고 있었으므로 나는 혼란스러운 마음을 다잡기 위해 다분히 애를 써야 했다. '이상하다. 이거 되게 낭만적인 영화라고 했는데 나는 왜 미스터리 같지?' 후에 일본 대중문화가 개방되고 정식으로 수입되어 자막을 단 〈러브레터〉를 보았을 때 그 의문은 모두 해소되었다.

참여 정부가 들어서며 일본 문화가 차례대로 개방되기 시작했고 해적판 열풍을 만들었던 〈러브레터〉는 기타노 다케시의 〈하나-비 Hana-bi, 1997〉에 이어 두 번째로 한국에서 개봉한 일본 영화가 되었다. 〈러브레터〉는 전체 관람가였던 탓에 주위 친구 몇 명이 개봉과 동시에 이 영화를 보고 왔노라 말했다. 나는 〈러브레터〉를 이해하지 못한 상태로, 사실 감상했다기보다는 관찰한 채로 끝을 맺었음에도, 너희들보다도 훨씬 전에 이 영화를 봤다는 우월감에 젖어 말했다. "너네 해적판이라고 아나?" 나는 무용담을 풀듯 문화가 개방되기 전에 대학생 언니에게 복제 테이프를 얻어 시청했노라고, 성인 여자와의 친분을 과시함과 동시에 이미 한 발 앞서간 문화인이라는, 허세 담긴 반응을 내보이며 원성을 샀다. "이 가스나, 알고 보니 일본 앞잡이였네." 친구의 괴팍한 농담에 나는 잠시 풀이 죽었다.

더 이상 금기의 대상이 아닌 일본 문화에서 나는 이제 저만치 멀어졌다. 국경 안에서 무수한 재미를 모색할 수 있으니 경계를 넘는 일에 다소 게을러졌다. 다만 여전히 책장 안에 자리한 만화책과 간간이 들려오는 왕년의 일본 스타들 소식에는 마음이 동요한다. 어른들의 눈을 피해 국경을 넘어서던 그때. 금지된 것들이 주던 달콤한 유혹들. 금기의 모든 책임을 나 스스로 져야 하는 지금, 그때 느낀 아슬아슬함을 조금씩 꺼내 먹으며 온전한 나의 자리를 지킨다.

그냥 움직인 게 아니었구나

탄탄한 몸매의 젊은 사내가 운동화 끈을 동여맨 채 오디션 장으로 들어온다. 그가 한 발로 세차게 나무 바닥을 내리친다. 곧이어 성난 근육들로 가득 찬 육체가 절도 있는 춤사위를 벌인다. 나무 의자의 등받이를 사뿐히 즈려밟은 뒤 착지 그리고 이어지는 공중 스핀. 잊을 수 없다. 이종원은 1980년대 말 리복 광고를 통해 청춘스타로 발돋움했다. 광고의 여파는 엄청나서 개그와 예능 프로그램의 단골 소재가 되었다. 그 시절을 살았던 사람들은 아직도 리복을 보면 젊은 날의 이종원을 소환하니 그야말로 전설이라 부를 수 있는 광고다. 사실 이 광고의 모태가 된 것은 영화 〈백야 White Nights, 1985〉다.

구소련 출신의 천재 무용수 미하일 바리시니코프는 작은 키에도 민첩하고 절도 있는 몸짓으로 무대를 압도했다. 20대 중반에 미국으로 망명한 그는 〈백야〉를 통해 스크린에 데뷔한다. 자신처럼 소련에서 망명한 발레리노 니콜라이 역할을 훌륭하게 소화한 그는 이후 무용계와 영화계를 넘나들며 활약하고 있다. 미하일 바리시니코프가 낯설다면 〈섹스 앤 더 시티 시즌6 Sex And The City 6, 2003〉의 캐리 남자 친구를 떠올리면 된다. 시크하고 예민한 미술가로 등장해 캐리를 파리까지 데리고 갔다가 종국에는 빅에게 펀치를 맞은 잘생긴 노년의 예술가가 바로 그다.

〈백야〉를 처음 보았을 때, 소련에 대해 아는 것이라고는 고르바초프가 전부였다. 그마저도 고르바초프의 이마에 있는 반점이 지도 모양을 닮았다는 가십 정도. 냉전 시대를 빙하기와 별반 다를 것 없이 받아들이고 KGB를 품질 인증마크로 오해했던 그때, 〈백야〉의 줄거리는 내게 큰 감흥을 주지 못했다. 그럼에도 내가 〈백야〉를 넋 놓고 볼 수 있었던 이유는 순전히 미하일 바리시니코프의 춤 때문이었다.

두 팔과 두 다리를 휘두르며 까치발로 바닥을 콩콩 밟는 정도로만 발레를 인식했던 내게 극의 중심을 잡는 동시에 지난한 삶의 은유로 작용하는 그의 발레는 여태껏 본 육체의 움직임 중 가장 아름다웠다. 화려한 옷을 걸치지 않았음에도 그는 단지 자신의 육체만으로, 그 움직임만으로 굉장한 멋을 뿜어냈다. '무대 위'라는 제한적인 공간에서도 그의 춤은 무한한 자유를 말하고 있었다. 자유를 자유로 만드는 갈망과 깊은 슬픔이 온전히 베어 든 그의 몸짓에 눈을 뗄 수 없었고, 그가 춤을 추는 장면을 계속해서 돌려 보았다.

그전에도 〈웨스트 사이드 스토리 West Side Story, 1961〉나

90

〈로슈포르의 숙녀들 Les Demoiselles De Rochefort, 1967〉처럼 춤이 가미된 뮤지컬 영화를 즐겨 보긴 했다. 하지만 〈백야〉처럼 본격적으로 춤에 대해 말하는 영화는 본 적이 없었다. 나는 영화의 감흥에 젖은 채 방문을 걸어 잠그고 라디오에서 흘러나오는 음악에 맞춰 춤을 췄다. 배워 본 춤이라곤 탬버린을 흔들며 추던 호키포키 율동이 다였지만 〈백야〉를 보고 나서 춤을 추지 않을 수 없었다. 방 한쪽 전신 거울에 비춰 본 내 모습이 그럴싸해 보인 것은 착각이었을까?

춤을 추었기에 가슴이 뛰는 것인지 가슴이 뛰기 때문에 춤을 춰 박자를 맞춰야 하는 것인지 알 수 없었다. 다만 춤을 추고 나면 기쁘고 즐거웠다. 나는 자주 혼자 춤을 췄다. 장기자랑 무대에 오른 다른 아이들의 춤 솜씨를 보며, 내가 그들만큼 추거나 혹은 그들보다 더 잘 춘다는 사실도 알았다. 그렇기에 선뜻 나설 수 없었다. 나의 소중한 취미가 만천하에 공개되면 다른 사람들이 나를 평가할 텐데, 그건 견딜 수 없을 만큼 싫었다.

그런 나에게 다른 사람들 앞에서 춤을 춰야만 하는 사건이 발생했다. 초등학교 6학년 때의 일이다. 우리 반에는 춤이면 춤, 공부면 공부, 무엇 하나 빠지지 않는 W가 존재했다.

둥근 단발머리에 무테안경, 두 볼에는 붉은 여드름이 꽃을 피웠고 거의 모든 날 후드 티를 입었던 부반장 W. 그녀는 언뜻 보면 평범한 여학생에 지나지 않았지만 춤을 출 때만큼은 자기만의 개성을 보여 줬다. 그 아이는 동요에 맞춰 춤을 출 때도 블루스를 연상시키는 그루브가 있었고 자기만의 리듬으로 박자를 가지고 놀았다. 현란한 움직임 대신 절도 있는 동작으로 박자와 박자 사이 갈래를 만들고 유연한 몸짓으로 공기의 흐름마저 마비시키는 재주까지! "부반장." 하고 부르면 명랑 만화에 나오는 주인공처럼 밝게 미소 지으면서도, 쉬는 시간 교실 뒤편에서 로맨스 만화의 히로인처럼 춤을 추던 아이. 나는 늘 W가 부러웠다.

체육 대회를 앞둔 어느 날 선생님은 반 대표 장기자랑에 대해 말씀하셨고 W를 보유한 우리 반은 당연히 춤을 추는 것이 좋겠다고 합의를 보았다. 선생님은 W에게 멤버 구성 권한을 위임했다. W는 평소 같이 춤을 추는 아이들 말고도 몇 명을 더 모으고 싶어 했다. 이제 막 사춘기에 접어든 아이들은 냉소적인 태도로 자칫 개망신이 될지도 모르는 공개적인 행사를 거부했고 W는 입술을 오므리고 묘수를 찾고 있었다. 청소 시간, W와 친분이 있던 Y(《희생》을 알려 준 그 소녀)는 노트를 펼쳐 놓고 골몰하는 W와 한참 이야기를 나누더니 대뜸

비디오 키드의 생애

이렇게 말했다. "야, 자가 춤 억수로 잘 춘데이." 거기서 말한 '자'가 나라는 사실을 알아차리는 데는 얼마 걸리지 않았다.

Y는 내 춤의 유일한 관객이었다. 다른 반임에도 점심을 같이 먹기 위해 중앙 계단에서 오들오들 떨며 밥을 먹던 사이. 나는 첩보를 말하듯 Y에게 내 안에서 꿈틀대는 야심을 몇 번 고백한 적이 있었다. Y는 어느 대학 축제에서 초대 가수로 온 녹색지대 무대에 자진해 올라간 뒤 점퍼까지 벗어 던지고 춤을 춘 내 모습을 목격한 친구이기도 했다. 핫케이크를 먹기 위해 우리 집에 놀러 온 Y 앞에서 말도 안 되는 나만의 공연을 벌이기도 했다.

서로의 집안 사정까지 세세히 주고받던 우리에게 개망신은 별문제도 아니었다. '설마 내 이야기겠어?' 하고 되뇌며 열심히 비질을 하는 내 등을 W가 두드렸다. "니, 춤춰야겠다." 춤추자고 권유하는 것도 아니고 "춤출래?" 하고 묻는 것도 아니고 다짜고짜 춰야겠다니? 나는 고개를 세차게 흔들며 온몸으로 거절 의사를 밝혔다. 하지만 내 속도 모르는 Y는 뒤에서 깐죽거리는 모양새로 "저거 내숭이다! 진짜 잘 춘다. 자 막 다리도 찢고 별짓 다 하드라." 하며 부추기고 있었다. 학교가 파하고 나는 Y에게 무진장 성을 냈다. 하지만 Y는 W

에게 우리 집 전화번호까지 알려 주는 열정을 보였다.

　내가 춤을 춘다는 소식에 몇몇은 "쟤가 왜?"라고 했다. 부
담감이 온몸을 타고 흘렀지만 이왕 시작한 것, 쉽게 포기하
고 싶지 않았다. 춤 연습은 다음 날부터 시작되었고 아이들
은 이런저런 의견을 냈다. 체육 대회 특성상 모두가 따라 부
를 수 있는 노래로 정하는 게 좋을 것 같다는 W의 생각에
모두 동조했다. 가수들의 안무를 그대로 따라 하자는 아이
들도 있었지만 춤에 남다른 자부심이 있던 W는 안무를 창
작하고 싶어 했고, 이견은 없었다. 우리는 H.O.T의 〈행복〉과
핑클의 〈내 남자 친구에게〉 그리고 쿨의 〈해변의 여인〉을 메
들리로 선보이기로 했다. 그렇게 난생처음 학교가 파하고 우
리 반에서 제일 잘 나가는 남학생 K의 집으로 가 춤을 췄다.
요즘 말로 썸이라는 것도 타면서 맛난 것도 나눠 먹고 수다
를 떨 줄 알았건만 남다른 열정의 W는 호락호락한 리더가
아니었다. 연습 때마다 땀을 한 바가지로 흘렸다. 내가 춤을
추는 것인가, 유산소 운동을 하는 것인가. 이렇게까지 수고
스러워야 하나 싶다가도 잘 나가는 무리에 섞여 있는 나를
볼 때면 괜스레 어깨가 으쓱해지는 것을 참을 수 없었다. 〈퀸
카로 살아남는 법 Mean Girls, 2004〉의 아프리카에서 온 소녀
케이디처럼 나는 학교를 빠져나오면 일렬로 늘어선 그 무리

의 뒤에 어색하게 함께했다.

"얘들아, 동작 좀 정확히 하자! 자, 우리 추는 거 봐 봐."

무대에 오를 날이 다가오자 W는 다소 예민해진 채로 고삐
를 더 바짝 조였다. 단체로 맞춰 보기를 반복하던 W가 가슴
을 치며 말했다. 그러고는 나를 지목했다. 나는 엉겁결에 W
옆에 섰다. 연습을 얼마나 했던지 음악이 켜지자 자동으로
몸이 움직였다. W가 음악을 끄고 말했다.

"춤은 그냥 움직이는 게 아이라고! 리듬을 타면서 이래, 이
래, 이래 정확하게 동작으로 으이! 니 잠깐만 내 말하는 거
한 번 추 봐라. 아들한테 함 보여 주자."
"아씨 부반장, 우리가 체육 대회 나가지 〈가요톱10〉 나가나?"

누군가 목소리를 높였다. 자신을 향해 쏟아지는 아이들의
불평에도 W는 아랑곳없이 열변을 토하며 움직임에 대해 설
명했고 그때마다 나는 노련한 조교처럼 지시 사항에 맞춰
동작을 선보였다. 춤깨나 춘다 하는 아이들도 W의 원성에
고개를 내저었지만 나만큼은 넘실대는 흥분을 숨기느라 여
념이 없었다. '나 지금 W한테 뽑힌 거야? 내가 모범 사례인

거야?' 집으로 가는 내내 그 짧은 시범 조교의 순간을 곱씹었다.

체육 대회 날, 반 티에 청바지를 맞춰 입은 우리는 제일 마지막으로 무대에 섰다. 평소 언행이 단정했던 W는 리더로서 의식 고취가 필요했는지 "야, 마, 다 조지삐자."라는 말로 사기를 북돋았다. 우리를 향한 것인지 발산하는 어린이 관중의 기운인지 속절없이 터지던 함성 속에서 무대를 마친 우리는 그제야 한숨 돌릴 수 있었다. 결과는 2등. 1등을 차지한 반에는 영턱스클럽이 유행시킨 나이키 춤을 구사하는 인기 짱 남학생이 있었기 때문에 결과에 승복할 수밖에 없었다. 이 경험 덕분일까? 나는 무작정 남들 앞에 서지 않았지만 무턱대고 숨는 일도 없었다. 중학교에 올라가서는 반 행사 때마다 MC를 맡는 직책인 학예부장을 2년이나 도맡았다.

이후에도 많은 비디오가 나의 몸을 움직였다. 그 목록을 살펴보자면 〈댄싱 히어로 Strictly Ballroom, 1992〉, 〈코요테 어글리 Coyote Ugly, 2000〉, 〈허니 Honey, 2003〉, 〈스텝 업 Step Up, 2006〉 되시겠다. 20대 초반에는 〈허니〉 속 제시카 알바의 패션을 흉내 내며 유흥이 난무하던 클럽을 헬스클럽 마냥 들락날락했다. 40대가 다가오는 지금의 나에게 춤이란, 아이가 따라 하는 틱톡 안무에 추임새를 넣거나 BTS의 신곡 포인트 안무를 따라 하며 스스로의 춤사위를 깔보는 정도에 그치지 않는다. 하지만 춤 그 자체는 여전히 선망의 대상으로 남아 있다.

춤을 추는 대신 춤을 보는 날이 더 많아졌지만 자유로운 육체의 움직임이 주는 짜릿함과 쾌감 앞에 감화되는 순간도 여전히 잦다. 춤을 추고 싶고, 무언가를 만들고 싶고, 사람들을 감동시키고 싶다는 나의 꿈은 시간을 거듭하며 점차 다른 형태로 발현되었다. 글을 쓰기로 한 것이다. 이토록 정적인 일을 꿈꾸게 되리라고 예상하지 못했다. 음악이 아닌 타자 소리에 맞춰 생각의 리듬을 타며 백지 위에 언어의 발자국을 찍는다. 관객 하나 없는 내 공간에서 스스로에게 야유를 던지며 조용한 실패를 거듭하지만 춤을 출 때와 마찬가지로 해내는 순간만큼은 정신없이 푹 젖는다.

오늘의 운세

비디오 가게 구석, 출시된 지 몇 해가 지났음에도 때를 덜 탄 비디오들. 가지각색의 이유로 인기에서 밀려난 비디오들이 구원을 기다리고 있었다. 그곳에는 졸작이라는 딱지를 붙인 채 시야에서 사라진 작품, 명작임에도 할리우드의 전형적인 문법과 달라 외면된 작품들이 있었다. 소위 작품성이라 불리는 고유의 특색은 지루함과 난해함이라는 선입견 속에 기피되고, 안에 담긴 메시지는 예술가의 허세쯤으로 치부되기도 하니까. 그런 저주받은 명작들은 '절찬 상영'이나 '올해의 화제작' 따위의 호들갑 하나 없이 비디오 가게 구석을 보금자리 삼았다.

인물들 사이 매끄러운 소통의 티키타카와 (너무 자연스러워 거짓처럼 느껴지는 유머들) 자본의 힘이 곁들여진 현란한 절정을 넘어 해피 엔딩으로 귀결되는 할리우드식 클리셰에 나 또한 무수히 열광했다. 하지만 흥분과 자극도 수없이 반복되면 일상이 되는 법. 화려한 권태 속을 헤매던 나는 어느 틈에 후미진 구석을 향해 발길을 옮기기 시작했다. 한자시범학교를 다닌 나는 마침 등잔 밑이 어둡다는 뜻의 사자성어, 등하불명(燈下不明)을 배웠고 어쩌면 내가 알고픈 세상의 진실은 저 너머가 아닌 바로 가까이에 있을지도 모른다는 생각이 들었다. 그러니까 작품이 진열되어 있다기보다는 처박혀 있다는 말이 더 잘 어울리는 곳, 비디오 가게 구석빼기 같은 곳 말이다.

당시에는 《스크린》과 《로드쇼》 같은 영화 잡지들이 시네 필 역할을 대신했다. 지방에 살았던 나에게는 이마저도 접근 성이 낮았고 **(동네 서점에는 영화 잡지가 없었다. 잡지를 구하기 위해서는 버스를 타고 시내까지 나가야 했는데 시내에는 무서운 언니 오빠들이 많았다)** 내가 기댈 수 있는 것들은 비디오 가이드나 비디오 갑을 감 싼 현란한 포스터 아래의 홍보 문구들, 그도 아니면 '느낌적 인 느낌'이 전부였다. 우연히 고른 영화가 나를 감화시킬 때 면 세상을 다 가진 기분이 들었다. 어른이 된 이후 모든 방 면에서 꽝을 받은 나는 혹시 어린 날 비디오를 고를 때 생의 운을 다 써 버린 게 아닐까 하는 진지한 고민을 하기도 했다.

웨인 왕 감독의 〈스모크 Smoke, 1995〉는 어린 날에 받아 든 100점짜리 운세와도 같았다. 지금도 삶의 비루함을 온몸으 로 견뎌야 하는 날이면 맥주 한 잔을 준비한 뒤 홀로 〈스모 크〉를 본다. **(현재 〈스모크〉는 수많은 OTT 플랫폼 틈바구니에서 무명이 나 다름없는 'S'에서만 볼 수 있다. 좋아하는 옛날 영화들이 파편처럼 흩어져 여기저기 있는 통에 거의 모든 OTT 서비스를 결제하고 있다)**

하비 케이텔과 윌리엄 허트가 인상 좋은 중년의 얼굴로 구

비디오 키드의 생애

멍가게 앞에 나란히 서 있는 포스터는 내용을 좀처럼 짐작할 수 없게 만든다. '담배 연기 속에 피어나는 사람 사는 이야기'라는 카피에도 대중의 이목을 끌 만한 요소가 전혀 없었다. 중년의 두 남자가 줄곧 담배를 피워 대며 만드는 사람 냄새라니, 영화를 보지 않았는데도 매캐한 담배 연기가 목에 걸리는 기분이었다. 두말할 것 없이 비디오를 잡았다 내려놓았는데 비디오 갑에 작은 글씨로 쓰인 감독의 약력이 보였다. 〈조이 럭 클럽 The Joy Luck Club, 1993〉을 만든 웨인 왕 감독이라고? 나는 재빠르게 다시 비디오를 두 손으로 들었다. 이 꼬장꼬장해 보이는 영화가 베를린 국제 영화제 은곰상 수상작이라고? (이 영화는 MTV 무비 어워드 최고의 영화 속 샌드위치 상도 수상했다!) 백수 삼촌이 알고 보니 명문대 출신이라는 사실에 그가 달리 보이듯, 영화가 가진 이력에 속물처럼 반가움을 드러내며 비디오를 냅다 빌려 집으로 돌아갔다.

그런 영화들이 있다. 악당이나 영웅은커녕 당장 이웃 누구의 이름을 대며 캐릭터를 설명할 수 있을 만큼 일상적인 인물들이 우리네와 같은 삶을 살아가는 영화. 그런 영화 속에도 전개상 위기는 있지만 그것은 흔히 마주칠 수 있는 고뇌와 갈등이었기에 오히려 생경함을 주었다. 저런 심심한 소재로 영화를 만들어도 이야기가 된다고? 〈스모크〉도 그런 영화였다. 강도 사건으로 임신한 아내를 잃은 소설가 폴이 분노를 참지 못해 복수의 화신으로 거듭나는 일도 없었고, 매일 똑같은 풍경을 찍는 담배 가게 주인 오기가 메이저 사진작가로 활약하는 일도 일어나지 않았다. 그들은 슬픔 속에서도 자주 웃었고 미소 지으면서도 아파했다. 누구보다 현실에 단단히 발붙이고 있는 인물들. 하릴없이 담배 가게를 사랑방 삼아 야구 이야기나 신변잡기를 늘어놓는 그들은 어쩌면 무수히 감상해 온 영화 속 엑스트라와 같은 느낌을 주었지만, 그 어떤 영화 속 인물만큼이나 생생히 내 마음에 다가왔다.

　삶이 그랬으니까. 우리 삶에도 느닷없는 사건은 출몰한다. 하지만 그것이 드라마틱한 변화나 행운을 가져다주지 않는다는 것쯤은 꽤 어릴 때부터 알았다. 엄마와 아빠는 집이 떠나가라 소리를 지르며 싸워도 다음 날 아침이면 둘러앉아 식사를 했고, 내가 시험에서 올백을 맞든 죽을 쑤든 그것은 그것에서 끝났다. 몇몇 사건은 나를 흔들었지만 단번에 나를 '전혀 다른 사람'으로 만들지는 못했다. 다른 사람이 된다는 건 가랑비에 옷 젖듯 느리게 일어났다. 매일 걷고 말하고 먹고 씻고 눕고… 누우면 가만있나? 숨을 쉬어야 한다. 아무튼 온종일이 활동의 연속이었음에도, 일상만큼 정적인 것이 없다는 생각이 들었다. **(그때 쓴 일기장에는 '왜 사람은 매일 움직이는데 계속 제자리인가요?' 같은 문장들이 주를 이뤘다)** 물론 그때는 이런 걸 언어로 제대로 표현할 수 없었다. 비디오를 고를 때와 마찬가지로 '느낌적인 느낌'만 있었을 뿐이다. 나는 어릴 때 자주 뛰었다. 뛰면 내가 서 있는 자리에서 도망칠 수 있을지 모른다는 기대가 있었지만, 뛸수록 내가 지나온 길만 있을 뿐이었다. 열심히 뛰어서 어딘가에 닿아도 닿는 순간 그곳은 내 삶의 무대가 되었다. 내가 변하지 않는 이상 세상은 변하지 않는다는 사실을 일찍 깨달았다.

〈스모크〉에서 가장 인상적인 장면은 바로 담배 가게 주인 오기가 자신이 매일 찍은 사진을 소설가 폴에게 보여 주는 장면이다. 매일 똑같은 시간, 똑같은 장소, 똑같은 풍경. 우리가 쉽게 지나치는 일상의 순간들임에도 그는 멈추지 않았다. 통찰을 일삼는 소설가조차 그 사진이 지닌 의미를 단번에 파악하지 못했다. 다만 그의 꾸준함에 감탄할 뿐이었다. 오기는 사진을 제대로 들여다보라 말한다. 소설가는 엷게 미소 지으며 계속 사진을 본다. 그러다 끄트머리를 향해 위태롭게 타들어 가는 담배를 물고 눈물을 흘린다. 사진 속에는 아내의 생전 출근길이 있었다. 담배 가게 주인은 가만히 옆자리를 지킨다. 단지 매일 찍는 사진 속에 우연찮게 소설가 부인의 생전 모습이 찍혔을 뿐이라고 생각했는데, 이어지는 장면에서 소설가는 글을 쓰고 있었다. 죽은 아내를 잊지 못해 매일 조금씩 스스로를 파괴하던 삶에서 벗어난 것이다. 담배 연기 속에 피어나는 사람 냄새, '적절한 문구로군.' 감탄하는 사이 이야기는 유유히 흘렀다. 중심인물도 중심 사건도 바뀌었지만 거기에는 시종 사람이 있었고 매끄럽게 모였다 흩어지길 반복했다. 담배 연기처럼, 맵고 짧고 시답잖지만 유일하게 자유로운 생의 찰나처럼. 담배 연기만큼이나 사람으로 가득 찬 영화라고 생각했다.

얼마 전, 남편과 장어를 먹으며 이야기를 나누었다. 하잘것 없는 삶을 향한 농담. 나는 20대로 돌아가는 것이 무엇보다 겁난다고 했다. 남편은 나의 20대 시절을 누구보다 잘 알고 있다. 그때 나는 튀어나온 내장처럼 흉물스러운 나의 민낯을 아무에게나 보였다. 술 먹고 토하고 울고 화내고 급하게 나태해지는 일을 반복하면서도 금방 깔깔대는 통에 하루 종일 정신이 없었다. 남편은 그 모든 흑역사를 정성스럽게 기억해 내 나를 놀려 대지만 우리는 얼굴 하나 붉히지 않고 다정하다. 양념 장어를 먹으며 또 그런 이야기를 나누었고 남편은 가만히 나의 푸념을 쌈 위에 곁들여 삼켰다. 이상하게 모든 것이 감사했다. 매일 똑같은 하루, 똑같은 레퍼토리의 반복인데도. 별일 없이 흐르는 하루가, 과거의 나에겐 상상도 못 했던 삶이다. 이처럼 탈 없이 삶을 살아 내고 있다는 사실 자체가 감격스러워 나는 지루한 일상을 되감기 하며 삶의 찰나를 추앙하고야 마는 것이다. 세상에, 내가 이렇게 아무렇지도 않은 사람이 되었다니.

태어나는 순간부터 죽음을 향해 달려가고 있음을 알면서도 죽음만큼 삶은 그리 무섭지 않다. 이러다 다 망하고 말지, 하면서도 어떻게든 이만큼 살아왔다. 살아오는 동안의 매일은 모두가 다르고 모두가 낯설다. 들숨과 날숨에 허무하게 시멸하는 연기처럼 나의 매일은 찰나에 지날지 모른다. 하지만 어제의 숨이 오늘의 숨과 다르듯 내가 보는 오늘이 내일의 나를 변화시킬지 모른다. 우리는 거대한 사건보다 작은 매일을 통해 변화한다. 거대한 사건은 혼란을 만들어 사람을 정신 못 차리게 만들지만 온전히 감각할 수 있는 오늘은 생의 단단한 골조가 된다. 삶을 감각할수록 머릿속에는 스모크가 피어오른다.

담배에 불을 붙이고 한 모금, 한 모금. 한 5분이나 걸리나? 하루 중 겨우 티끌의 시간이지만 인간은 자신의 지리멸렬을 거기에 기대어 견딘다. 담배가 아니라면 술, 해로운 것을 질

오늘의 운세

105

색하는 사람이라면 취미나 가족. 어떤 형태로든 인간은 무언가에 기대어 산다. 나 같은 경우는 이야기이고. 과장된 찬사가 아니라 나이를 먹을수록 정말 나를 살아가게 만드는 것이 이야기임을 실감한다. 영원한 상처를 주는 비참을 두고도 우리를 구원하고야 마는 것. 나는 나의 호기심이 구석에 쭈그리고 있던 〈스모크〉를 구원했다고 생각했지만 돌이켜 보면 비디오가 나를 구원했다. 의미를 찾아가는 과정을 무수히 반복하며 오기의 사진첩처럼 지루한 일상을 견디는 법을 배웠는지도 모른다. 처음 〈스모크〉를 봤을 때는 이렇게 많은 감상을 쏟아 낼 수 없었고 영화가 말하고자 하는 바를 적확하게 설명할 수도 없었지만 역시나 '느낌적인 느낌'은 이렇게 말했다. '이건 정말 대단한 영화야. 어른이 되어서도 나는 이 영화를 보고 있을 것 같아.'

압바스 키아로스타미와 짐 자무시 그리고 고레에다 히로카즈의 초기작을 이런 식으로 만났다. 오늘의 운세를 시험하듯 느낌에 기댄 채 마음을 졸이면서. 〈바그다드 카페 Out Of Rosenheim, Bagdad Cafe, 1987〉와 〈아리조나 드림 Arizona Dream, 1993〉, 〈붉은 수수밭 Red Sorghum, 1988〉의 경우 〈출발! 비디오 여행〉이 줄기차게 추천한 덕에 마주할 수 있었다. 놀라운 경험이라고밖에 설명할 수 없었다. 한 영화에서 다시 한 영화

비디오 키드의 생애

로, 한 세계에서 다시 한 세계로. 비디오는 마치 마법의 열쇠를 쥐어 주듯 내게 온 세계의 관문을 넘나들 수 있는 권한을 주었다. 그것에 필요한 대가는 시간이었지만, 스스로를 재촉해야 하는 압박에서 자유로웠던 어린 나는 마지막 한 방울의 시간까지 짜내며 비디오에게 바쳤다. 시간을 낭비했다고 하기에 비디오는 나를 '너무나도' 견고하고 유연하게 만들었다. 그러면서도 나라는 유일성을 지킬 수 있게. 나에게 닥칠 불행에 부서지지 않도록. 무수히 많은 오늘의 꽝을 뽑아 들었지만 연연하지 않을 수 있는 이유는, 내가 만든 무수한 당첨의 역사 때문이다. 나는 아직도 거기에 기대어 산다.

흘러간 세월은 돌릴 수 없지만
그때 그 마음을 고스란히 일깨워 주는
음악과 영화가 있다는 건 정말이지 축복이다.

캡틴! 우리를 구해 주세요

국민학교 3학년, 처음으로 따귀를 맞았다. 자연 시간이었다. 정년이 얼마 남지 않은 백발의 담임 선생님은 미소를 머금고 우리에게 말씀하셨다. 너희가 예습을 잘 했는지 확인해야겠다고. 아이들은 한 명씩 선생님이 계신 교탁 앞으로 향했다. 선생님은 무작위로 온도를 설정한 온도계를 아이들에게 내밀었다. 아이들은 그 온도를 보고 답을 귓속말로 전해야 했다. 0도 이상은 '영상', 0도 이하는 '영하'. 하교 후 가방을 풀자마자 놀이터로 직진했던 나의 일과에 예습이란 존재하지 않았다. 지난 자연 시간에 영상이라는 단어를 배운 나는 마음속으로 간절히 0도 이상의 훈훈한 온기가 내게 닿길 바랐다. 하지만 언제나 슬픈 예감은 틀리지 않는 법. 서늘한 기운이 뒷골을 훑어 내려갔고 나는 0도 이하로 내려간 온도계 앞에서 마른침만 삼켰다. 겨우 용기를 내 "모르겠어요."라고 말하는 순간 선생님은 다정한 손길로 나의 안경을 벗겨 주셨다. 그리고 내 뺨을 후려갈겼다. 발이 휘청거려 칠판 앞으로 뒷걸음질을 쳤다. 영하는 몰랐지만 수치심은 알았다. 태어나 처음으로 이를 악물었다.

그날 영하를 맞춘 아이는 G 한 명뿐이었다. 예습을 한 G와 운 좋게 영상의 온도를 받아 든 아이들만이 그날의 생존자였다. 아이들은 잘 상처받는 만큼 잘 회복했다. 쉬는 시간이 되자 언제 그랬냐는 듯 우리는 붉은 뺨을 한 채로 복도를 휘저었다. 겨우 열 살의 아이들이 건장한 남성의 폭력을 온몸으로 흡수했다. 그때만 해도 어떻게 아이의 뺨을 때리느냐고 항의하는 부모는 교육을 핑계로 체벌을 일삼던 교사보다 훨씬 품위 없이 여겨졌다. 당연하게도 그 일은 어떤 소동도 만들지 않았다. 나 또한 내가 맞은 사실을 부모님께 알리지 않았다. 부당한 폭력보다 문제를 틀렸다는 사실이 나를 더 부끄럽게 만들었기 때문이다. 기상 캐스터의 입에서 흘러나오는 영하라는 단어가 들리면 여전히 내 인생의 첫 따귀를 떠올린다. 온몸을 얼어붙게 만들었던 폭력의 소용돌이에서 영하가 무엇인지 철저히 학습할 수 있었다.

그 사건 후 체벌에서 나름 거리를 둘 수 있었는데 그것은 어떤 목표 따위가 생겨 학습에 의지를 불태운 결과가 아니었다. 맞아서 생긴 트라우마 때문이었다. 맞지 않기 위한 제일 간단한 방법은 시스템에 순응하는 것이었다. 웬만하면 지각하지 않았고 수업 시간에 졸거나 떠들지 않으려 노력했다. 월등히 뛰어난 성적을 낼 수 없다면 어른의 눈에 최대한 순한 양처럼 보이는 것이 생존 전략이었다. 나름 모범생 축에 들었지만 마음속에는 권위를 향한 분노의 용암이 부글부글 끓었고 〈죽은 시인의 사회 Dead Poets Society, 1989〉를 자주 감상하며 나를 지배하는 무기력에 위안을 건넸다.

'카르페디엠(Carpe diem)'. 현재에 충실하라는 이 라틴어 격
언이 우리 입에 자주 오르내리는 것에는 〈죽은 시인의 사회〉
의 공이 컸다. 교과서의 서문을 찢게 만들고, 승인받지 못한
동아리를 아이들에게 전수하고, 강압적인 권위와 규율에 '자
유 정신'이라는 반항심을 불어넣은 선생님 키팅은 내게 구원
과도 같았다. 그의 교육 아래 닐과 토드, 찰스 그리고 녹스가
변하듯 나 또한 극 바깥에서 변화를 맞았다. 키팅은 매를 들
고 지시하기는커녕 자신이 먼저 앞장서 아이들을 인도한다.
네모난 교실에서 아이들을 구출하고 생생하게 숨 쉬는 대지
를 밟게 한다. 그는 학생에게 윽박지르지 않고도 그들의 잠
재력을 끄집어낼 수 있는 사람이었다. 참된 스승. 연습장 한
가득 시를 메우기 시작한 것이 키팅을 만나고 나서부터다.
나는 오지 않을 세계를 열망하듯 판타지의 관점에서 이 영
화를 아껴 보았다. 비록 결말은 씁쓸할지라도.

얼마 뒤 영화 잡지를 통해 극본을 쓴 톰 슐만이 자신의 스
승을 모델로 이 작품을 썼다는 사실을 알게 되었다. 스멀스
멀 올라오는 희망의 기운. 참된 스승의 모델이 존재한다는
사실이 나를 고무시켰다. 나도 언젠가 나만의 키팅을 만날

수 있지 않을까? 그리고 중학교 1학년 어느 날, 비정한 세상은 나의 바람을 끝내 비웃고 말았다.

내성적이지만 강단이 있던 S는 나의 절친이었다. 조용조용한 성격과 말투, 반 아이들 사이에서 좀처럼 눈에 띄지 않던 그 아이. 하지만 그녀의 개성은 교복을 벗는 순간 발현되었다. 나는 그 아이를 통해 옷을 잘 입는 것이 얼마나 근사한 일인지 알게 되었다. S는 월요일이면 졸린 눈을 비비며 주말 동안 산 옷과 구경한 옷에 대해 이야기해 주었다. S의 어머니는 자신의 아이가 맵시 있다는 사실을 꽤 즐기셨던 모양이다. 학생이 무슨 멋이냐며 개성을 제한하던 다른 부모님들과 달리 그녀의 어머니는 S가 지닌 패션에 대한 욕구를 충족시켜 주었다. S는 특이한 디테일의 옷을 구매한 날이면 그걸 학교에 들고 와 보여 주곤 했는데 나는 쉬는 시간에 그 옷을 입어 보는 것으로 대리 만족을 했다.

음악을 가르치던 우리 반 담임 선생님은 평소 화려한 패션을 즐기는 것으로 유명했다. S는 종종 그녀가 얼마나 대단한 패션 센스를 가졌는지 내게 말해 주곤 했다. S는 선생님의 패션을 세세히 볼 수 있는 음악 시간을 누구보다 좋아했다. 그날도 어김없이 반짝이는 액세서리를 착용하고 나타

114

난 선생님은 수업에 앞서 느닷없이 게임을 제안했다. 당시 예능 프로그램에서 유행하던, '절대음감'이라고 불리는 게임이었다. 이 게임은 네 글자 이상의 단어를 읽되 아주 빠르게 순서대로 음절을 강조하는 게임이었다. 예를 들어 제시된 단어가 '까르보나라'라면 처음에는 '까'를 한 옥타브 높여 강조하고 그다음에는 '르'를 한 옥타브 높여 강조하는 식으로 차례로 음절을 훑어 빠르게 단어의 음률을 맞추는 것이었다. 새로운 발성 수업의 일환인 듯한 그 게임 앞에 아이들은 까르르 웃음을 터뜨렸다.

선생님은 '모나리자'라는 단어를 우리에게 던져 주었고 서너 명의 친구들이 제법 훌륭하게 그 게임을 완수했다. 공교롭게도 S가 마지막 주자로 지목되었다. 선생님은 "시작!"을 외치며 지휘봉으로 S를 가리켰다. 쭈뼛거리며 일어난 S는 작은 목소리로 모나리자의 음절을 하나씩 외쳤다. 잠시 정적이 일었다. 선생님은 미간을 찌푸린 채 "다시."라고 말했다. S는 아까와 같은 데시벨로 모나리자를 말했다. "다시." 아이들의 웃음기가 순식간에 사라졌다. 그 찰나의 긴장이 너무 팽팽해 위기감을 느낀 나는 S 대신 일어나 모나리자를 외치고 싶을 정도였다. "못 하겠어요." S가 교복 치마에 연신 손을 닦으며 작은 목소리로 말했다. 나는 차마 S의 얼굴을 쳐다볼 용기가 나지 않았다. 사람에겐 어느 정도 모순이 있다. S는 옷을 통해 주목받는 것에는 아무 거리낌이 없었지만, 사람들 앞에서서 제 목소리를 내는 것에는 질색하는 아이였다.

선생님은 엎드려뻗친 S의 엉덩이를 지휘봉으로 가격하며 모나리자를 크게 외칠 것을 강요했다. S는 아무 말도 하지 않았다. 선생님은 다시 지휘봉을 크게 휘둘렀다. 단단한 나무 막대의 둔탁한 소음이 이어지는 동안 우리는 곁눈질로 서로를 바라보며 이 사태를 견뎌 낼 수밖에 없었다. 그랬다. 견디는 것 이외에는 어떤 의미도 없었다. 만약 키팅이 있었다면 음악 선생님의 무자비한 매질을 멈추고 무력하게 엎드린 S를 부축해 그녀를 위로하지 않았을까. 하지만 우리에겐 그런 행운이 허락되지 않았다. 음악 선생님의 목에 걸린 펜던트가 요동치다 못해 선생님의 뺨 한쪽을 가격할 때쯤 매질이 끝났다. S는 악 소리 한 번 내지 않고 눈물도 흘리지 않았다. 음악실을 떠날 때 S의 손이 부들부들 떨리고 있음을 알아챘지만 차마 어깨를 다독일 수 없었다.

"내성적인 성격 고쳐라. 안 그러면 나중에 사회 나가서 이런 일 당한다. 알았니?"

'오, 세상에.' 내성적인 토드에게 시인의 심장이 펄떡이고 있음을 키팅은 어떤 식으로 가르쳤던가! 모순으로 가득 찬 상황에 항변조차 하지 못하고 고개를 숙였다. 음악 선생님의 바람대로 한 가지는 배웠다. 인간이 어떤 식으로 졸렬해질 수 있는가에 대한 것. 나는 절대 저런 어른이 되지 않겠다는 다짐을 하며 이를 악물었다.

쉬는 시간에 S의 자리를 찾은 몇몇 아이들이 자신이 당한 체벌의 경험을 말하며 그녀를 다독였다. "너 알지? 나 체육 시간에 늦었다고 빠따 다섯 대 맞았잖아. 그날 나 생리 중이었는데." 그것은 공감보다는 상실감을 심어 주었고 무엇도 위로하지 못했다. S는 씁쓸한 미소를 지었고 그날 내내 자리에 엎드려 일어나지 않았다. 다음 날 S는 아무 일도 없었다는 듯 등교했고 음악 선생님 또한 아무런 거리낌 없이 우리에게 먼저 인사를 건넸다. 선생님은 알았을까? 그날 이후 자신이 더 이상 '선생님'이 아닌 '선생'으로 불린다는 사실을, 자신을 선망하던 소녀가 이제는 사력을 다해 자신을 미워하고 있음을. 〈죽은 시인의 사회〉가 누군가에게 존경을 얻는 법을 알려 주었다면, 음악 선생은 존경을 잃는 법에 대해 생생한 가르침을 주었다.

"의학, 법률, 경제, 기술 따위는 삶을 유지하는 데 필요해. 하지만 시와 미, 사랑, 낭만은 삶의 목적인 거야. 스스로 사고 하는 법을, 언어를 음미하는 법을 배워라. 언어와 사상이 세 상을 움직인다. 미와 낭만과 사랑은 삶의 이유이다. 너의 인 생은 계속되는 극 속의 시가 된다."

아이들을 감화시킨 키팅 선생님의 조언은 우리 교실에 존 재하지 않았다. 스스로 사고하고 의견을 말하는 아이들은 골칫거리로 분류되었고, 미와 낭만을 사랑한 탓에 부모님이 소환되기 일쑤였다. 명대사 하나 없이 염려라는 핑계 아래 횡 행하던 폭언의 향연. 거친 말들이 자존감을 짓밟고 활보할 때 나는 마음속에 부적처럼 간직한 키팅을 떠올렸다. 키팅이 내게 올 수 없다면 내가 키팅의 세계로 가리라!

영화 속 선생님 키팅이 아이들의 숨통을 트이게 하고 꿈을 지지했다는 사실은 기존 권력에 대한 도전으로 치부되었다. 키팅은 닐의 죽음을 무마하기 위한 제물이 되어 학교를 떠난 다. 강압에 의해 변절자가 된 학생들은 책상 위에 올라가 그 를 배웅함으로써 용서를 구하고 존경을 표한다. 안타깝지만 아름다운 이 한 편의 영화는 부당함을 부당하다고 말할 수 없던, 나약하고 용기 없던 나를 자주 위로했다. '우리에겐 좋은 선생님을 배신할 치졸함조차 허락되지 않는 것인가.' 고개를 떨군 채 학습된 체념만 되뇔 때, 나의 원망을 알아챈 듯 내 인생에는 좋은 선생님들이 기적처럼 당도했다. 그들은 학교라는 공간에도 안온함이 깃들어 있음을 일깨워 주었고 심호흡 없이도 교무실을 들락날락하게 만들었다. S에게도 그런 선생님이 있었을까? 그래서 S의 상처는 제대로 치유되었을까?

10년이 채 지나지 않아 키팅을 연기했던 로빈 윌리엄스는 다시 한번 존경받아 마땅한 스승을 연기했다. 주름이 조금 더 깊어진 그는 수염이 덥수룩한 수학과 교수 역할을 맡았고 '네 잘못이 아니야.'라는 말로 상처받은 제자를 끌어안았다. 나 또한 그 말에 상처를 씻을 수 있었다고 말하면 너무 과장일까? 아니다. 나는 마음이 바닥을 치는 날이면 다시금 〈굿 윌 헌팅 Good Will Hunting, 1997〉의 명장면을 찾아본다. 상처받아 해진 마음에는 사랑만큼 훌륭한 처방이 없음을. 폭력 안에서 배운 것은 분노뿐이었다. 우연히 본 영화 한 편이 현실의 무차별적인 조언보다 더 값진 배움을 주었다. 내 아이를 끌어안고 '네 잘못이 아니야.'라고 말하는 법을 이 영화에서 배웠다. 사랑하는 선생님들을 떠올릴 때, 로빈 윌리엄스를 빼놓지 않는다. 그의 죽음 앞에 며칠이나 황망한 기분을 느꼈던 것은 단순한 서글픔 그 이상이었다.

소원을 수리하라!

〈조찬 클럽 The Breakfast Club, 1985〉, 〈핑크빛 연인 Pretty In Pink, 1986〉, 〈아직은 사랑을 몰라요 Sixteen Candles, 1984〉, 〈루카스 Lucas, 1986〉, 〈헤더스 Heathers, 1989〉, 〈쉬즈 올 댓 She's All That, 1999〉, 〈클루리스 Clueless, 1995〉, 〈25살의 키스 Never Been Kissed, 1999〉 등등. 하이틴 영화라면 사족을 못 쓰던 나는 (도대체 내가 매료되지 않은 장르가 존재하긴 했을까?) 하이틴이 주인공인 영화라면 닥치는 대로 봤다. 하이틴 영화는 서투른 인간들이 사랑을 통해 일종의 교정을 해 나가는 과정을 보여 준다. 그래서 그들이 영화 막바지에 으레 교정기를 벗어젖히는 걸까? 당시에는 몰랐다. 절대 평범할 수 없는 매력을 가진 주인공이 혼신의 힘을 다해 괴짜를 연기하고 있다는 것을. 90분 남짓의 러닝 타임이 사랑의 전부라 믿었던 나. 분열적일 만큼 여러 장르에 천착하며 작품을 보는 나름의 기준이 있었는데 유독 하이틴 장르에서만큼은 관대했다. 하이틴 영화에 만연하던 인종 차별과 외모 평가 등을 등한시한 채 그들이 보여 주는 연애 판타지만을 쏙쏙 편식하며 하이틴 영화를 미화해 간직하고 있는 것은 아마도 그 당시에 느꼈던 기분 탓일까?

전학 간 학교에서 어색한 점심시간을 견지지 못해 방황하고 있으면 수학 동아리 녀석들이나 고스족 무리들이 외로움을 달래 줬다. 대세를 거스르는 자기만의 취향 덕에 '구리다'는 평가를 받더래도 그것마저 매력으로 캐치하는 맘 좋은 남사친이 항시 존재했다. 껄렁대던 남자 주인공들은 사실 내면의 상처를 가지고 있는 세심남이었다. 여자 주인공들은 교정기와 안경에서 해방되는 순간 감춰 둔 빛을 발했고 패션에 민감한 친구의 도움 한 번에 프롬 파티의 퀸이 될 수 있었다. 그뿐인가? 복잡한 뉴욕 한복판에서도 손만 뻗으면 택시가 잡혔다. 핸드폰도 없던 시절에 구체적으로 몇 시 몇 분이라는 약속도 하지 않았건만 남자와 여자는 기필코 만났다. 만나다 싸우면 둘 중 하나는 '왜 저래?'라고 반문할 만큼 격정적으로 토라졌다. 토라진 사람들은 왜들 그렇게 비행기를 타려 했을까? 공항으로 내달리던 인물들을 한둘 본 게 아니다. 그들의 사랑을 응원하는 것은 나만이 아니라서 비행기는 늘 적절한 이유를 가지고 지연되었다.

'○○을 책으로 배웠어요'라는 말이 한때 유행했다. 그렇다. 나는 사랑을 비디오로 배웠다. 한창 이성에 대한 감각이 예민하게 발달하던 중학교 3학년, 각기 다른 이유로 꼴통이라 불리던 두 남녀가 주변 계략에 의해 눈이 맞는 〈내가 널 사랑할 수 없는 10가지 이유 10 Things I Hate About You, 1999〉를 보고 말았다. 영화를 보지 않았더라도 소년 웃음으로 무장

122　　　　　　　　　　　　　　　　　　　**비디오 키드의 생애**

한 채 〈can't take my eyes off you〉를 부르던 히스 레저만큼은 기억할 것이다. 학교 경비원을 피해 이리저리 경중거리며 끝까지 노래를 부르는 장면. 광고를 통해 패러디된 적도 있는 유명한 장면이다. 그렇다. 그것이 바로 이 영화의 백미였다! **('조커'로만 히스 레저를 기억한다면 이 영화를 꼭 보길 바란다. 이토록 달콤한 망나니라니. 더불어 변성기를 막 지난 조셉 고든 레빗의 풋풋함에는 시들어 있던 화초도 다시 살아날 것 같다)** 말하는 법, 차를 모는 법, 신고 다니는 장화, 전화받는 방식 등 네가 취하는 모든 액션이 싫지만 단연 싫은 건 그런 너를 싫어하지 않는 자신이라니. 무덤덤한 여주인공에게 격정의 낭만시를 읊게 한 '사랑'이라는 녀석은 도대체 무어란 말인가. 터질 것 같은 박동과는 달리 실체를 알 길이 없어 막막한 기분. 나는 그때까지 썸조차 타본 적이 없었다. 내가 경험한 사랑은 모두 영화에서 이뤄졌고 유일하게 바로 옆에서 관찰한 사랑이란 중학교 2학년 때 B를 통해서였다.

반에서 1등을 놓치지 않으면서도 전 학년이 운동장에 모이는 날에는 새벽부터 화장을 하고 등교하는 B에게 나는 핀잔을 해 댔었다. 아직도 그녀가 관심남이라며 열거한 선배들의 목록을 또렷이 기억한다. 목록에서 가장 위에 있던 J 선배는 유명 인사였다. 통통한 양 볼이 발그레해 귀여운 인상을 주면서도 댄스 동아리의 회장이라 교내 행사에서 늘 관심의 대상이었다. 멀리서 선망만 하던 나와 달리 우리 동네 대형 학원 원장의 딸이었던 B는 그들과 직접적인 접점을 만들 수 있었다. 학구열이 대단했던 그녀의 아버지는 일찌감치 교과 과정을 모두 학습시킨 후 B를 선배들로 가득한 3학년 반으로 밀어 넣었다.

명찰의 색깔이 다르다는 이유로, 그저 나보다 학년이 높기에 인사를 해야 했던 나와 달리 B는 그들과 실제로 '아는 사이'였다. 이 사소한 사실이 나를 얼마나 감화시켰는지. 흡사 나의 절친이 알고 보니 인기 아이돌과 오빠 동생 하는 사이라 했을 때 느껴지는 부러움에 버금갔다. 나는 그런 B 옆에서 늘 심드렁한 얼굴로 "저 선배 무서워. 인상이 안 좋아." 같은 마음에도 없는 말로 속내를 숨겼다. 그리고 집에 돌아가면 정갈한 자세로 연필꽂이에 소원 펜을 잔뜩 만들어 놓았던 것이다.

소원 펜. 이것은 1990년대 후반 유행하던 문구를 이용한 주술적 의식으로, 지방마다 전수 방식이 다르다. 당시 우리 사이에서 제일 핫한 펜은 사쿠라 젤리롤이었다. 1.0mm의 두꺼운 볼에 손 한 번 잘못 문지르면 금세 잉크가 퍼져 나갔

비디오 키드의 생애

지만 색깔이 다양해서 다이어리를 꾸미기에 좋았다. **(놀라운 건 지금도 이 펜이 판매되고 있으며 한 자루 가격이 700원밖에 하지 않는다는 것!)** 나는 용돈을 모아 이 펜을 무진장 샀다. 출처를 도무지 알 수 없지만 우리들 사이에선 '사쿠라 펜 끝부분에 소원이 적힌 종이를 돌돌 말아 넣고 잉크가 닳을 때까지 쓰면 소원이 이루어진다.'라는 미신이 유행했기 때문이다. **(우리 동네에선 모나미 볼펜은 소원 펜으로 쳐주지 않았다)** 남에게 빌려주면 소원이 무효가 된다는 규칙도 있었다. '사쿠라펜 하나쯤 누구나 가지고 있잖아'라는 말이 무색하게 나는 모나미 볼펜만 들고 다녔고 이 모습을 보고 털털하다 오해하는 친구들도 적잖았다. 실상 집에서는 사쿠라 메탈릭 펜으로 빽빽이**(서울 아이들은 이걸 깜지라고 불렀다!)**를 쓰는 열정을 보이고 있다는 사실을 아는 사람은 없었다. "이건 안 돼. 내 소원 펜이야!"라고 말하면 친구들은 큰 실수라도 한 듯 "어머, 미안." 하고 다른 펜을 빌려 갔지만, 나는 그마저도 소원이 닳을까 집에서만 쓰는 치밀함을 보였다. 학교에 가선 소원 펜은 무슨, 하고 그들을 깔봤지만 누구보다 소원 펜에 미친 아이였다.

'좋은 성적을 받게 해 주세요' '살 빠지게 해 주세요'처럼 두루뭉술한 소원을 빌던 아이들과 달리 내 소원은 꽤 구체적이었다. 악필이었던 나는 소원을 적기 위해 단전부터 호흡을 끌어올려야 했다. 그러고는 '반에서 10등 안에 들면서도 얼굴이 잘생기고 남들이 보기에도 손과 목선이 예쁜 오빠가 나를 오랫동안 짝사랑했다고 고백하게 해 주세요'라고 꾹꾹 눌러썼다. 뭘 이렇게까지 터무니없었을까. 사귀게 해 달라는 것도 아니고 고백하게 해 달라니. 내가 상상할 수 있는 사랑의 단계는 딱 고백까지였다. 고백 이후에 대한 구체적인 계획 따위 없던 나는 일단 고백이라도 받아 보고 싶은 요량으로 무려 열 자루의 펜에 똑같은 소원을 적어 넣었다. 소원이 이뤄지려면 펜을 다 써야 했다. 그렇다고 종이에 마구 잉크를 낭비하는 건 금물. 반드시 그 펜을 제대로 써야 소원도 제대로 이루어진다는 것이 소원 펜 학계의 정설이었다. 나는 펜으로 미친 듯이 빽빽이를 썼다. 소원은 이루어졌을까? 어렵기로 소문난 중간고사 사회 시험에서 유일하게 100점을 맞은 학생만 되고 말았다.

반면 비슷한 시기에 소원 펜을 만들었던 B에게는 진전이 생겼다. 사과 머리를 한 B를 찾아 J 선배가 교실에 온 순간 아이들은 작은 소리로 환호했다. B는 얼굴이 벌겋게 달아올랐으면서도 별일 아니라는 듯 조금 미적댔다. "이 여우 같은 가시나야!" 나의 농담에 B가 브이를 그렸다. J 선배는 B에게 쪽지를 내밀었고 B는 설렘을 지속(?)시키고 싶다며 학교가 끝날 때까지 쪽지를 펼치지 않았다. 쪽지에는 J 선배의 삐삐 번호가 적혀 있었고 B는 대담하게도 꽤나 엄격한 아버지의 눈을 피해 몰래 삐삐를 만들었다. 삐삐를 숨기기 위해 허리춤에 테이프를 칭칭 감는 것도 모자라 아침잠을 포기하고 7시면 등교했다. 막간의 데이트, 그 스릴의 현장에 망보는 자는 늘 나였고 나는 까르보나라마냥 느끼한 커플 사이에 긴 고춧가루가 되어 아무것도 하지 않았음에도 괜히 눈치를 보는 날들이 이어졌다.

그리고 얼마 지나지 않아 B가 결석을 했다. 선생님은 B가 아파서 며칠 나오지 않을 거라고 말했다. "반장이 뭔 일이고?" 아이들은 웅성거리다 이내 잠잠해졌다. 며칠 후 등교한 B는 어기적거리며 교실로 들어왔다. 어렵게 입을 연 B가 말했다. "빠따가 부러졌다." 춥지도 않은 날씨에 웬 검정 스타킹인가 싶었더니. B가 방심한 탓에 발각된 삐삐. 가만있을 그녀의 아버지가 아니었다. 끝내 입을 다문 B를 대신해 학원 수강생들의 주리를 튼 덕에 모든 연애 사건의 전말이 밝혀진 것. 며칠 상심하며 풀 죽어 있던 B는 어느 날 갑자기 독한 눈빛을 보이기 시작했다. 아버지에게 연애를 해도 성적이 떨어지지 않음을 보여 주고 싶다는 것이었다. B는 똑 부러지는 아이였다. 하지만 이 일로 학원을 옮긴 J 선배가 학교에서도

B를 슬금슬금 피하기 시작했다. B는 상처받은 마음을 공부로 달랬다. 얼마 후에 전학을 간 나. B는 3학년이 끝나 갈 무렵 전화 한 통을 걸어 왔다. J 선배는 더 이상 그녀에게 선배로 불리지 않았다. '그 새끼' 덕에 특목고에 합격했다는 소식을 알리는 목소리에 미련은 남아 있지 않았다.

한 달이 지나도록 사라지지 않는 '빠따'의 흔적을 보며 나는 "그러게 학생이 무슨 연애고."라며 다시금 그녀에게 핀잔을 줬지만 그건 드라마 하나 없는 무료한 내 삶에 대한 방어 기제였을 뿐, B가 부러운 건 마찬가지였다. 그때 내 눈에 B의 창백한 얼굴과 다크서클은 비련의 여주인공들만 가질 수 있는 영광의 상처 같았으니까. 내 생애 학생 연애는 없을 거라 체념하고 컵 떡볶이를 연속으로 작살내던 17살의 어느 날, 통통하게 솟아오른 뱃가죽을 쓰다듬으며 넋 놓은 사이 사랑은 중립 기어 풀린 덤프트럭처럼 나를 그대로 갖다 박았다. 욕심을 덜어 내니 그제야 소원 펜이 나의 소원을 수리한 것인가?

설레는 순간은 잠시였다. 나는 관계가 단단해질수록 팔자에도 없는 나쁜 여자가 되기 시작했다. 풋풋한 하이틴 로맨스일 줄 알았던 그 아이와 나의 연애는 〈블랙 호크 다운

Black Hawk Down, 2001〉을 방불케 하는 전쟁 영화 같았다. 보고 싶어 부리나케 학교로 달려갔으면서도, 이야기가 길어지면 어찌 된 일인지 으르렁대길 반복했다. 그때 EXO의 〈으르렁〉이 있었다면 아마 그 아이와 나의 테마 송이 되었을지도 모른다. 만나자마자 10분 만에 토라져 집에 간 날도 있었다. 영화에서처럼 비가 내리지도 않았고 헐레벌떡 뛰어와 나를 잡아 주는 남자 주인공도 없었다. 경미한 수준이긴 했지만 명백한 데이트 폭력(**부재중 전화 100통 이상, 불시에 집 앞에 찾아가 나오라고 생떼 쓰기, 고래고래 소리 지르며 길 한복판에서 싸우기 등등**)을 쌍방이 저지르며 어린 날의 나와 그 아이는 그것이 깊은 사랑의 증거라고 여겼다. 넘치는 십 대의 에너지로 감정의 골짜기를 널뛰기하는 동안, 그 아이는 매번 어디서 주워들은 영화나 드라마 속 명대사를 남발하며 나의 속을 긁었다. 현실을 사는 나는 누구보다 현실적인 연애의 비애 앞에 점점 지쳐 갔다.

싸우고 화해하고 만나고 헤어지길 반복하던 그 아이와 나는 결국 이별을 맞이했다. 그것은 극적이지도 낭만적이지도 않았다. 십 대 시절의 풋풋함을 지나 성인이라는 관문 앞에 각기 다른 삶의 가치관을 선택했다. 자주 부딪혔고 그 부딪힘은 화해로 끝날 수 있는 문제가 아니었다. 똑같은 세상을 아주 다르게 보는 것에 당황한 우리는 이해보다는 더 많은 힐난의 시간을 가졌다. 조금씩 천천히 서로를 반목하던 날들. 한참 전에 끝났다는 것을 알면서도 차마 이별을 고하지 못했던 건 단순히 첫사랑이라는 상징 때문만은 아니었다. 돌틈에도 꽃이 피듯 전쟁 같은 시간을 견디게 해 줄 만큼 안온한 추억들도 많았다. 여러 가지 크고 작은 사건들이 있고 나서야 그 아이와의 시간이 추하게 변질될까 두려워진 내가 먼저 이별을 말했다.

그 아이와 함께한 나날은 이제 거의 기억나지 않는다. 그럼에도 여전히 기억나는 건 이별하던 날. 햇살이 찬란했고 봄의 기운이 움터 나는 새로 장만한 점퍼를 입고 그 아이를 만나러 갔다. 오랜 시간만큼 서로 나눈 물건이 많았다. 그 아이는 내게서 건네받은 CD와 비디오, DVD, 책 같은 것들을 상자에 담아 나왔다. 후덥지근한 바람이 돌풍처럼 자꾸 밀려왔고 얼굴에 잔머리가 달라붙었다. 어제까지 귀찮은 기색 하나 없이 내 잔머리를 하나하나 떼어 주던 그 아이는 한 발짝 멀찍이 서서 구호품을 전달하듯 상자를 내밀었다.

부당하게 실직당한 백수처럼 무거운 상자를 들고 처연히 거리를 걸었다. 산산조각 난 관계의 은유일까? 습기를 머금

비디오 키드의 생애

고 있던 얇은 골판지 상자 아랫부분이 구토라도 하듯 왈칵 찢어졌다. 불순물처럼 쏟아지던 이승환과 조규찬의 CD. 그것들이 땅바닥에 그대로 메다꽂히는 광경을 망연히 바라볼 수밖에 없었다. 쭈그려 앉아 상자 바닥의 찢어진 부분을 양 팔로 틀어막고 다시 일어나는데 눈물이 왈칵 쏟아졌다. 정작 돌려받아야 했던 희귀한 CD들은 어쩐 일인지 보이지 않았다. 다시 전화를 걸어 이거 이거 되돌려 달라기엔 내 기억력도 믿을 수 없고 무엇보다 '가오'가 서질 않았다. 이별을 먼저 말한 쪽에서 어쩐지 미련처럼 들러붙는 꼴이 될까 봐. 멍하니 빛살이 깃든 상자 위쪽을 바라봤다. 그때 눈에 무언가 들어왔고 그것이 나의 눈물샘을 쥐어틀었다. 그 녀석에게 접어 준 쪽지와 메모가 꽃가루처럼 나동그라져 있었다. 그때부터 집까지 오는 길은 그야말로 행군이었다. 그간 나눈 마음의 무게에 짓눌려 팔이 떨리는 것을 멈출 수 없었다.

그 후로 몇 달을 맥주 10캔 정도는 마셔야만 잠에 들 수 있었다. 광기와 집착으로 채색된 〈러브 미 이프 유 데어 Jeux D'Enfants, 2003〉만이 내 옆을 지켰다. 마리옹 꼬띠아르는 미치광이 역할마저 우아하게 소화했다. 어린 시절 만난 첫사랑, 사탕 상자를 두고 수십 년 동안 범죄를 방불케 하는 위태로운 사랑의 게임을 즐기던 두 남녀는 불같은 사랑을 그만두고 비로소 하나가 되기로 한다. 그 방법이란, 구덩이에 시멘트를 들이부어 그들 스스로를 굳히는 것. 은유가 아닌 물리적인 굳힘이다. 콘크리트와 함께 박제되어 영원히 변치 않을 그들의 광기 넘치는 사랑을 보며 사랑이란 일종의 정신 착란이 아닐까 생각했다.

〈러브 미 이프 유 데어〉로 마음을 달랬으면서도 나는 나 자신을 〈아는 여자 2004〉의 이나영처럼 순애보 캐릭터로 착각하고 있었다. 아니, 그렇게 스스로를 미화했다는 편이 옳겠다. 어린 날 나의 독단에 희생된 그들은 어디선가 잘 살고 있겠지? 2000년대를 넘어서며 미디어에 등장하는 여주인공들은 더 이상 이별 앞에 불 꺼진 방에서 홀로 울지 않았다. 캐릭터마다 견딤의 방식은 달랐지만 이상하게 그들이 갑자기 화장을 하고 어울리지 않는 친구들을 만나 클럽에 가는 장면이 자주 나왔다. 평생 처음 하는 진한 화장 아래 슬픔을 숨기고 술이 떡이 돼라 마신 뒤 아픔이 팔과 다리에 붙어 있다는 듯 온몸을 흔들어 젖히던 여인들. 나도 상처를 잊기 위해 밖으로 나돌았다. "저기 봐, 주인공이 저러잖아. 모든 이야기는 현실에 기반했다고." 〈세렌디피티 Serendipity, 2001〉의 운명적 만남을 믿던 나는 숱한 심야 외출 속에 내 좌우명이 〈늑대의 유혹 2004〉이 아닌가 의심했다. 썰물처럼 빠지던 시

비디오 키드의 생애

절 인연들이 떠난 자리에 다시 비디오만이 남았다. 〈조제, 호랑이 그리고 물고기들 Josee, The Tiger And The Fish, 2003〉 속 의연한 쿠미코를 보며 마음을 다잡았다. 누군가에게 내 모든 것을 의탁하기 전에 나는 나 자신이 되어야 했다. 겨우내 잘도 절뚝거리며 앞으로 나아갔다. 나는 나를 찾은 동시에 새로운 사랑도 찾을 수 있었다. 좀체 따라잡을 수 없음에도 굳건히 지켜지는 사랑, 글을 쓰게 되었다. 이 부지런한 짝사랑은 끝날 기미가 없다.

언니들의 세상

새 학년이 되면 어김없이 돌아오는 연례행사가 있었으니 교실 뒤편에 본인이 직접 장식한 자기소개 패널을 붙이는 것이었다. 어떤 친구들은 비즈와 펄, 레이스 장식을 이용해 손재주를 뽐내기도 했고, 어떤 친구들은 전지 위에 까만 매직으로 핵심만 딱 기재하여 심플한 성향을 드러내기도 했다. 중학교 3학년이 된 나는 음악과 영화와 책을 두루 좋아하는 아이였고 그것을 어떻게든 발산하기 위해 형광 오렌지색 보드 위에 까만 네임 펜으로 나의 최애 목록을 적었다. 음악 부문에서 '스파이스 걸스'와 '브리트니 스피어스'를 두고 각축전이 벌어졌다. 결과는 브리트니 승! 도서 부문에서는 《몬테크리스토 백작》을 썼을 것이다. 나는 화가 많아서 '분노의 복수'를 퍼붓는 인물이 등장하는 소설에 관심이 많았다. 영화배우는 〈레밍턴 스틸 Remington Steele, 1982〉을 통해 내 마음의 문을 열고, 〈007〉 시리즈를 통해 확고한 나의 꽃중년으로 등극한 피어스 브로스넌을 썼다. **(하지만 나는 '피어스 브로닌'라고 써냈다)** 쉬는 시간, 다른 친구들의 패널을 구경하던 내 어깨를 누군가 톡톡 쳤다. 귀를 살짝 덮은 짧은 단발에 뽀얗고 마른 아이. 그 아이는 종달새 같은 목소리로 내게 말했다.

"너 브릿니 좋아하니? 난 크리스티나 아귈뤠라 좋아해. I'm a genie in a bottle baby gotta rub me the right way honey."

그 아이는 주변 시선에는 아랑곳없이 크리스티나 아길레라를 단숨에 슈퍼스타 반열에 올려놓은 데뷔곡인 〈Genie in a Bottle〉의 후렴구를 흥얼거렸다. 브리트니와 크리스티나의 이름을 발음하는 것부터 심상치 않았다. 이 아이는 원어민 수준의 발음으로 노래를 부르고 있었다.

"혹시 미국에서 살다 왔어?" 내 말에 H가 웃음을 터뜨렸다. "아니, 나 이 동네 토박인데?" H와 나는 그렇게 친구가 되었다. 과연 H는 버터 내음 진동하는 발음답게 영어로 말하는 것을 좋아했다. 하지만 당시만 해도 능숙하지 않았던 회화 실력 때문에 우리는 쉬는 시간이면 교과서를 펼쳐 놓고 영어 문장을 읽어 내려가는 것으로 요란한 세 치 혀의 욕망을 대신했다. 나도 그 아이 덕분에 영어를 좋아하게 되었다. H는 독특한 면이 많았다. 그 나이 때 아이답지 않은 쿨내가 사방으로 진동했다. 그야말로 "So what?"과 "Do whatever you like."가 가능한 아이였다. 그래서 같이 있으면 안심이 됐다. 내가 무슨 공상을 하고 무슨 실수를 하든, 그 아이는 판단하는 대신 미국 영화에 자주 등장하는 '양팔 겨드랑이에 붙이고 두 손바닥 높게 펼쳐 앞으로 향한 뒤 고개는 45도로 조금 기울여 어깨 씰룩' 제스처를 취할 뿐이었다. 정말 그게 다였다.

그 아이는 가끔 혼자서 중국 무협 영화를 보러 가기도 했다. 그 아이가 정이건이 출연한 〈결전 決戰紫禁之巔, 2000〉을 보고 와서는, 내 앞에서 무협 영화 특유의 검술 동작을 따라 하던 모습이 아직도 잊히지 않는다. 그 아이는 나와 함께 유행하는 팝 음악을 부르고 싶다는 미명 아래 매주 노래를 선곡해 왔고, 나는 가사를 숙지해야 했다. 당시 외웠던 브리트니 스피어스의 〈lucky〉는 처음부터 마지막까지 멋들어지게 부를 수 있는 팝송 중 하나다.

그러던 어느 날, H가 내게 〈클루리스〉를 봤냐고 물었다. 나의 대답은 "Absofuckinglutely!"였다. 영화 좀 본다 하는 아이들이 〈내가 널 사랑할 수 없는 10가지 이유〉와 양대 산맥을 이루던 1990년대 하이틴 영화의 바이블 〈클루리스〉를 보지 않았다는 것은 말이 안 됐다.

부잣집 딸에 아름다운 외모를 가지고 인기몰이를 하는 여왕벌 셰어(알리시아 실버스톤)가 있다. 그녀는 만사 돈이면 다 해결된다 믿는 다소 오만한 십 대 아이로, 아침마다 컴퓨터 코디 프로그램을 통해 옷을 갖춰 입고 학교로 간다. 절친인 디온(스테이시 대쉬)도 그녀와 마찬가지로 금수저에 패션을 좋아한다. 그들이 복도를 지나가면 홍해처럼 갈라지는 학생들. 어느 날 타이(브리트니 머피)라는 일명 '시골 촌뜨기' 아이가 전학을 온다. 셰어는 패션 피플다운 사명감에 불타 타이를 세련되게 바꾸어 놓는다. 그러던 중 자신의 수하로만 생각했던 타이와 어떤 사건을 계기로 틀어진다. 잔뜩 골이 난 셰어는 소소한 계략을 벌이지만 실패를 맛본다. 그런 과정을 겪으며 세상이 자신의 통제 하에 있다는 착각을 버리는 셰어. 친구 디온과 그녀의 남자 친구가 보여 주는 진실한 사랑, 고리타분한 이복 오빠 조시와 가까워지는 계기를 통해 이 철부지 부잣집 소녀는 결국 성숙한 사람으로 거듭난다.

당시 여자아이들이 좋아할 만한 요소가 모두 들어 있고, 교훈적인 결말까지 보여 줘 아직도 하이틴 영화를 논할 때 빠지지 않고 등장하는 〈클루리스〉. 나도 이 영화를 무진장 봤고 H도 그랬다. 사대주의를 가진 건 아니었지만, 규율과 통제라는 갑갑한 한국 교육 시스템에 갇혀 있던 우리에게, 영화가 보여 주는 미국 특유의 자유분방한 분위기는 유토피아처럼 느껴졌다.

〈클루리스〉에는 우리가 빼앗고 싶은 언니들의 세계가 있었다. 상큼한 미소를 지닌 남자아이들과 같은 반이라는 사실도 제법 흥미로웠지만 그보다 더 눈길을 끄는 것은 따로 있었다. 바로 셰어 그 자체. 그녀가 교복 대신 차려 입은 프레피룩은 단정하고 고급스러우면서도 개성이 잔뜩 묻어 있었고, 백화점을 방불케 하는 개인 전용 옷장 앞에서 최신식 프로그램으로 코디를 하며 아침을 맞는 일상과 스포츠카를 직접 운전해 등교하는 일들은 동화 속 판타지보다 짜릿하게 다가왔다. 무엇보다 화수분이라도 달린 듯 마르지 않는 그녀의 주머니. 지금이야 그게 다 그녀의 아빠가 번 돈이라는 사실을 지적하며 혀를 차겠지만, 당시엔 그 주머니만 꿰찬다면 나도 미국 하이틴 영화 단역 정도의 차림새를 갖출 수 있지 않을까 하는 공상에 빠지곤 했다. 아마 〈클루리스〉에 열광하던 당시 십 대들이 모두 같은 마음이지 않았을까?

H는 얌전한 얼굴로 에미넴의 무지막지한 랩을 읊조리며 외국살이에 대한 열망을 키웠고 우여곡절을 겪은 뒤 소망을 실현했다. H는 하이틴 영화 속 남자 주인공 같은 외모를 가진 연하의 캐나다인 남편과 결혼해, 룩셈부르크에서 고양이 두 마리의 엄마로 누구보다 행복한 시간을 보내고 있다. 심지어 이제는 프랑스어까지 자유자재로 가능한 혓바닥을 장착한 채로. H와 나는 싸움 한 번 없이 20년이 넘는 시간을 베스트 프렌드로 지내고 있다. 그리고 나는 에미넴과 브리트니, 정이건과 견자단, 〈클루리스〉와 게리 올드만(H는 **십 대 때 게**

리 올드만을 제일 잘생긴 배우로 꼽았다!)을 볼 때면 어김없이 H를 떠올린다.

"〈클루리스〉 너무 좋아!" 우리가 그동안 이 말을 몇 번이나 했던가? 그 사이 우리 나이의 앞자리는 두 번이나 바뀌었다. 〈클루리스〉를 추억하는 나의 동지! 사는 동안 몇 번의 풍랑에 휩쓸려 조난당했을 때도, 무턱대고 들이닥치기보다는 나의 무인도 앞에 작은 배 하나를 띄우고 묵묵히 바라본 나의 친구 H.

"우리 아직 〈클루리스〉에 대해 더 이야기할 게 있지 않니?" H의 도시에 아침이 오면 이렇게 메시지를 보내야겠다.

사랑의 교본

신작 비디오가 출시되면 나의 시간을 어떤 이야기로 채울까 깊이 고민하던 나와 달리, 아빠의 취향은 확고했다. 첩보물 아니면 코미디. 나도 두 장르를 누구보다 사랑하지만, 아빠는 오직 저 두 가지의 장르만을 영화라 칭했다. 나는 비디오 가이드를 채우는 신작 영화 소개를 보면서 대충 아빠가 이 비디오를 빌리겠구나 예감했고 그것은 언제나 적중했다. 특히 예술성 짙은 영화 앞에서 아빠는 특유의 오묘한 악센트로 이렇게 말했다.

"어휴, 저것도 영화냐."

얼마나 고심해서 고른 영화인데. 나의 내적 성장을 도울, 정신의 자양분인 영화를 얼마나 정성 들여 골랐는데. 속에 들끓는 천불을 숨긴 채 뒤돌아 중얼거렸다.

"쳇, 아빠는 암것도 몰라."

어느 날, 내가 빌린 왕가위 영화를 보던 아빠가 심히 짜증스러운 얼굴로 비디오를 냅다 빼더니 주성치 영화를 비디오 투입구에 넣었다. 주성치의 요리 활극 〈식신 食神, 1996〉을 보며 배꼽이 빠지도록 웃어 댔음에도, 나는 그때까지 주성치를 좋아하지 않았다. 아니, 좋아한다고 인정하지 않았다. 왜 냐하면 아빠가 주성치 영화만은 흥미진진한 얼굴로 끝까지 감상했기 때문이다. 어쩐지 아빠가 좋아하는 영화에 반기를 들어야 내가 받은 치욕이 보상되는 기분이었다. 무릇 대한의 씩씩한 어린이들은 권위에 대항할 줄 알아야 한다는 신념으로 어른들에게 만만찮게 굴었던 나는, 처참히 짓이겨진 취향 앞에 잔뜩 이골이 난 얼굴로 물었다.

"아빠는 왜 만날천날 코미디만 봐?"

"사는 게 얼마나 힘든데. 나가 보면 정글이야, 정글. 세상천 지 힘들고 머리 아픈 일밖에 없는데 영화까지 우울한 걸 봐 야겠냐?"

"아, 뭐 그러시던가."

그렇다. 아빠에게 영화는 아무 생각 없이 즐기고 하루의 고민을 날리는 스트레스 해소의 도구이자 쉼터였던 것이다. 삶의 지리멸렬을 고스란히 드러낸 채 말하는 아빠의 얼굴에 나는 금세 승복하고 자리를 떴다. 어른의 애환은 내가 첨언 할 수 있는 영역이 아니었다.

주성치만 나오면 째려보던 날들을 지나 나는 어느새 고등학생이 되었다. 천진하기만 해도 나쁠 것 없던 중학교 시절이 선명할수록 갑자기 들이닥친 입시의 압박은 말 그대로 숨을 막히게 했다. 중간고사를 앞둔 어느 날 주성치의 비디오를 빌렸다. 복잡한 세상사 아무것도 생각하고 싶지 않아서였다. 그날 빌린 비디오는 바로, 장백지를 단숨에 톱스타 반열에 올려놓은 〈희극지왕 喜劇之王, 1999〉이었다.

도대체 주성치의 머릿속에는 무엇이 들어 있단 말인가? 〈희극지왕〉을 보며 어찌나 웃었는지 입 주변과 복부의 근육이 욱신거릴 정도였다. 숨 가쁜 요절복통의 향연, 태초에 병맛이 존재하니 그 창조주는 주성치라! 나는 절제되지 않는 웃음이 주는 고통에 힘겨워하며 눈물까지 짜냈다. 이것은 하루가 무엇이냐, 인생 전반의 스트레스를 날려 주는 최고의 멘탈 익스트림 무비였던 것이다. 하지만 왜일까? 온몸을 간질이던 핵폭탄급 웃음이 옅어지자 자꾸만 가슴이 아려 오는 것이었다.

마을복지회관 창고에서 생활하며 무료로 연기 지도를 하고 있는 사우(주성치)의 꿈은 배우다. 세면대가 딸린 그의 작은 보금자리 벽면에는 닮고 싶은 배우들의 사진이 붙어 있다. 하지만 간간이 들어오는 배역은 언제나 엑스트라였고 현장에서는 구박덩이다. 특히 현장 스태프인 아모(오맹달)는 그를 극심하게 멸시한다. 그러던 중 사우는 호스티스로 일하는 피우(장백지)와 사랑에 빠지게 된다. 게다가 사우는 그의 근성을 높이 산 톱스타 부명(막문위)의 눈에 들며 새로운 기회의 문과 마주하는데…. 나머지 내용은 직접 영화를 보며 확인할 것을 권하고 싶다.

문중에 대대로 전해 내려오는 무공 비급처럼 심장 근처 안주머니에 소중히 보관한《스타니슬랍스키의 연기론》. 연기가 전부인 사우에게 삶의 전반을 지배하는 유일한 교본이 이 책이라면, 내게는 〈희극지왕〉이 교본이었다. 과목은 사랑. 선생님은 주성치. 그렇다. 지금 나라는 인간에게 사랑에 대한 가치관을 만들어 준 시발점에 〈희극지왕〉이 있었다.

사우와 피우는 뜨거운 하룻밤을 보냈지만 사우는 하찮은 자신을 피우가 사랑할까 싶어 그녀에게 응당한 대가를 치르려 한다. 주머니 속 얼마 없는 지폐와 동전을 탈탈 털어 그녀의 머리맡에 놔둔다. 하루하루 먹고 사는 일도 막막한 그가 점심값도 포기한 채 내놓은 것은 그의 전 재산이었다. 이를 알 리 없는 피우는 구겨진 지폐를 보고 상심한다. 피우는 돈에는 손도 대지 않고 사우의 양복 자켓 안주머니를 뒤진다.

그리고 사우 삶의 절대적 바이블이자 상징이라 할 수 있는 《스타니슬랍스키의 연기론》을 가지고 방을 떠난다. 피우가 사우에게 준 것은 이제껏 누구에게도 준 적 없는 자신의 '진짜'이자 '전부'였다. 그러니 그에 걸맞은 대가는 돈이 아닌 '영혼'이었다. 나는 택시 안에서 책을 껴안고 펑펑 우는 피우를 보며 덩달아 어깨를 들썩였다. 그리고 생각했다.

'주성치랑 연애하고 싶다.'

영화는 막바지에 이르러 오맹달의 정체가 탄로 나며 급격한 액션 영화로 장르를 이탈하지만, 그런 와중에도 연기와 피우를 향한 사우의 진심을 확인할 수 있다. 한순간이라도 진실하지 않다면 행동할 수 없는 사우. 길바닥에 쏟아진 도시락을 날름 주워 먹고, 흑변 컬러의 양복을 차려 입고, 동네 조무래기들의 골목대장 노릇을 하는 남루한 이 남자를 사랑하지 않고서는 못 배길 것 같았다.

해변에 앉은 사우와 피우. 어두워서 아무것도 보이지 않는다는 피우의 말에 사우가 말한다. "아냐, 새벽이 되면 멋질 거야." 마치 두 사람의 현재와 앞날을 그리듯 읊조리는 대사에 나도 피우처럼 사우의 어깨에 머리를 기대고 싶었다. 해가 뜨기 전 새벽은 가장 어둡고 춥다. 헐거운 주머니를 가진 남자와 여자는 한없이 주고만 싶은 마음을 숨긴 채 서로의 체온만 나눌 뿐.

이 영화를 보면 가난하다고 해서 사랑을 모르겠는가, 가난하기 때문에 연인의 울음도 하염없이 끌어안고 싶은 밤도 포기해야 할 뿐이라 노래하던 신경림 시인의 〈가난한 사랑노래〉의 시구가 생각난다. 어린 시절에야 나의 가난에 선택권이 없다지만, 나이를 먹으면 가난은 죄가 된다. 가난뿐인가. 사회라는 테두리 안에서 무엇이 되기는커녕, 변변한 내 자리 하나 가지지 못한 것도 온통 죄스럽다. 꿈을 위해 인생이 정체 중이라 말하면 다들 씁쓸한 미소를 보일 뿐이다. 이 영화를 다섯 번째 감상하던 때, 나 또한 그랬다. 그토록 가고 싶어 했던 예술 학교에 세 번을 낙방하고 소속은 전무한데 공모전에서는 내리 탈락했다. **(지금까지도 실패 중인데 200번 정도 떨어지자 더 이상 내 실패에 번호를 붙이지 않게 되었다)** 좋아하는 사람에게 좋아한다는 고백조차 죄스러워 입을 꾹 다물던 시절이 이어졌다. 어둠 속에 파묻힌 까만 점처럼 아무런 존재감이 없을 때도 손 내밀던 사람들이 있었다, 감사하게도. 그들 덕분에 내 삶은 천천히 굴러갔고, 굴러가는 동안 뾰족하게 모나 있던 마음도 둥글게 변해 갔다.

〈희극지왕〉을 본 후로 주성치를 향한 내 안의 반감은 눈 녹듯 사라졌다. 더없이 열렬한 팬이 되었다. '이건 대단한 사랑 영화야'라는 생각이 채 가시기도 전에 만난 〈서유기〉 시리즈는 주성치에게 사랑의 명예박사를 수여해도 모자람이 없는 작품이었다. 허기진 배를 채우듯 게걸스럽게 그의 컬렉션을 봤다. 진지한 순간에 난데없이 휘몰아치는 유머의 토네이도처럼 파급력이 굉장한 깔깔 만화 앞에서 나는, 폭풍의 눈 속을 떠다니는 먼지가 되어 그들의 우스꽝스러운 움직임을 바라본다.

사적인 장소에서는 누구보다 시니컬하다고 소문난 주성치가 어떻게 자기 표현의 장르로 코미디를 선택했을까? 짧다면 짧고 길다면 긴 서른 하고도 몇 해를 산 지금 생각한다. '저 사람은 인생이라는 게 얼마나 고통스러운지 일찍이 깨우쳤나 보다' 그가 보여 주는 코미디는 인간사 비정한 비극의 순간을 덮어 주는 웃음의 이불보 같다. 눈을 크게 떠도 전봇대를 들이받고, 좋아하는 사람 앞에서 어김없이 슬랩스틱 코미디를 시전하는 모습은, 예상 못한 불행 앞에 매번 당하고 한없이 절룩거리는 우리 삶과 닮아 있다. 주인공들이 고통조차 못 느끼는 바보라 자리에서 벌떡 일어나겠는가. 그래도 살아야 하는 것이 인생이기 때문에 그들은 일어난다. 그런 의미에서 주성치 영화는 코미디의 선조라 할 수 있는 찰리 채플린 선생의 희대의 명언 "인생은 멀리서 보면 희극이요, 가까이서 보면 비극이라."의 정신을 누구보다 충실히 구현한 코미디의 교본이라고도 하겠다.

주성치 영화로 사랑을 배운 나는, 진실한 사랑을 꿈꾸던 사랑의 관람자에서 어느덧 주전 선수로 마운드에 등판한다. 몇 번의 헛스윙으로 경기장에서 내려와 벤치만 지키길 수년, 지금의 남편을 만나 비로소 홈런을 날렸다. 남편은 비록 주성치의 세계관을 이해하지 못하고 안드로이드의 전기양이 되고자 SF에 심취한 사내지만, 장르가 다르면 어떤가? 본질이 중요한 것을. 우리는 각자 다른 영화 속에서 열연하지만, 사랑이라는 주제 앞에 만났다.

"주성치 영화는 아무 생각 없이 볼 수 있어서 참 좋지."

채널을 돌리다 주성치의 영화를 발견한 아빠가 반가운 목소리로 말한다. 그리고 나는 생각한다.

'쳇, 아빠는 여전히 암것도 몰라.'

좋은 선생님을 만나는 행운

좋은 선생님들을 많이 만났다. 그런 선생님들의 책상은 일단 개방되어 있다. 그러니까 우리가 아무 목적 없이 교무실에 가도 마음껏 수다를 떨 수 있다는 뜻이다. 중학교 3학년 때 선생님은 지금의 나보다도 어린 나이였는데, 나와 내 단짝이 방과 후 교무실에 가서 재잘거리면 처리할 서류를 앞에 쌓아 두고도 우리의 고민을 들어 주셨다. 아직도 생각난다. 옅은 화장에 뿔테 안경을 끼고 난감하게 웃던 그 얼굴. J쌤, 잘 계신가요?

고등학교 2학년 담임 선생님은 국어 과목을 가르치셨다. 군인 같은 말투와 달리 아이들에게 관심이 많았다. 밀려드는 행정 업무와 교과목 지도에 정신이 없어 하나하나 다정하게 대하지는 못하셨지만 아이들이 조금 더 넓은 세상을 볼 수 있도록 신경 쓴 분이다.

선생님은 우리 반 학생 모두를 대학로에 데리고 가서 뮤지컬을 보여 주기도 했다. 밤 공연이었고 우리가 다니는 학교는 경기도에 위치해 있었기 때문에, 선생님은 교장 선생님의 허락을 받아야 했다. 유치원의 하원 차량처럼 학생을 일일이 태워 집 앞까지 데려다줄 수도 없는 노릇이라 뮤지컬이 끝나면 무조건 귀가하라는 조건이 달렸다. 혹시라도 안전사고

가 생기면 곤란해질 텐데도 선생님은 수고스럽게 우리를 이끌고 서울 끝자락까지 갔다. 〈지하철 1호선〉은 내가 처음으로 본 정식 뮤지컬이었다. 말로만 듣던 전설의 '학전 극장' 앞에서 교복을 입고 오들거리던 우리. "너희들이 보는 게 세상의 전부가 아니야. 이 공연이 너희들에게 좋은 시간을 만들어 주길 바란다." 까만 밤 지하철역 앞에서 선생님은 우리에게 말씀하셨다.

불이 꺼지고 막이 오르자 쿵쿵 뛰던 내 심장 소리가 기억난다. 〈지하철 1호선〉의 명성이야 익히 들어 알고 있었지만, 직접 보고 있다는 사실과 예술적 감흥에 취해 뮤지컬이 진행되는 내내 내가 살아 있음을 하늘에게 감사드렸다. 어둠을 유난히 무서워했지만, 그날만큼은 여운에 취해 막막한 어둠이 찬란하게 까만 빛으로 보였다. 다행히 우리 반에는 말썽쟁이가 없었고 모두들 안전한 귀가와 함께 잊지 못할 추억을 선물받았다.

방학을 앞둔 어느 날, 선생님은 정말 좋은 영화를 한 편 봤다며 우리에게도 소개해 주고 싶다고 말씀하셨다. 그리고 얼마 뒤 국어 시간에 우리는 그 영화를 봤다. 〈헤드윅 Hedwig And The Angry Inch, 2001〉이었다. 존 카메론 미첼과 스티븐 트

비디오 키드의 생애

래스크라는 젊고 진보적인 예술가 둘이 합심해 제작한 뮤지컬 원작으로, 뉴욕을 충격에 빠뜨린 그 뮤지컬을 영화로 만들었다는 이야기가 영화 잡지를 장식했다. 데이비드 보위와 마돈나도 극찬했다는 그 뮤지컬을 선생님은 우리에게도 보여 주고 싶었나 보다.

트랜스젠더에 대해서라면 알고 있었다. 정말 단순히 '알고만' 있었다. 당시 '여자보다 더 예쁜 여자'라는 타이틀을 달고 등장한 하리수로 인해, 트랜스젠더는 더 이상 미지의 존재가 아닌 어느 정도 대중에게 익숙해진 상황이었다. 하지만 앞서 말했듯 그저 그들의 존재를 인식하고 있었을 뿐, 그들이 어떤 삶을 살고 어떤 고민을 하는지에 대한 생각은 하나도 하지 않았다.

어린 시절, 학대와 상처로 물든 시간을 미군 라디오에서 흘러나오는 록 음악으로 달래는 소년 한셀. 그는 동독에 살고 있다. 어느 날 미군 병사 루터가 그에게 여자가 되는 조건으로 결혼을 제안한다. 한셀은 엄마의 이름을 따 '헤드윅'이라 이름을 바꾸고 성전환 수술을 한다. 그러나 불법 수술로 인한 실패는 1인치의 살덩어리가 되어 그의 몸에 남는다. 이후 루터가 떠나고 헤드윅은 미국에서 토미라는 남자를 만나 사랑에 빠진다. 하지만 토미는 헤드윅의 노래를 훔쳐 달아나고 급기야 록스타가 된다. 원한을 가득 품은 헤드윅은 '앵그리 인치'라는 밴드를 조직해 토미의 투어를 따라다니며 근처 바에서 공연을 한다.

이 영화를 봤다고 해서 내가 소수자의 세계를 모두 이해했다고 말할 수는 없다. 하지만 적어도 모르기 때문에 지나쳤던 일에 대해 '생각'이라는 걸 해 볼 수 있는 시간을 갖게 됐다. 소년 한셀의 이야기도, 여자가 된 헤드윅의 이야기도 소위 사회에서 '정상'이라 규정짓는 보편적 개념과는 거리가 먼 이야기다. 하지만 한셀과 헤드윅이 느꼈을 상처와 공허는 누구에게나 공평한 슬픔이다. 만나고 사랑하고 떠나고 미워하고 다시 그리워하고. 그 지점이 이 영화를 경계 없이 즐기게 만든다. 나도 헤드윅만큼이나 토미가 미웠다. 〈Wicked Little Town〉의 가사처럼, 차가운 도시 속에서 운명이 아무리 나를 시험에 들게 해도 힘들어하지 말고 헤쳐 나가길, 헤드윅이 어떤 모습으로 어떤 편견 속에 갇혀 허우적거린다고 해도 그녀 자신만은 스스로를 영원히 사랑하길 진심으로 응원할 뿐이었다.

영화가 끝나고 내 안에 1인치 정도 더 열린 세계의 틈을 조용히 바라봤다. 담임 선생님은 살가운 태도로 십 대 용어를 쓰는 쿨한 선생님은 아니었지만, 자기만의 방식으로 아이들에게 사랑을 보여 줬다. 아이들이 더 나은 사람으로 자라길 바라는 마음으로, 자신이 본 좋은 것들을 함께 나누는 것만큼 사랑을 나타내는 일이 있단 말인가. 게다가 그것이 우물 안 개구리가 자유로이 바깥을 출입할 수 있도록 사다리를 놓아주는 일이라면 더욱.

졸업 후 딱 한 번 선생님을 뵈었다. 수업을 하다 말고 친구와 나를 반갑게 맞아 주신 선생님. 이후 들린 소문에 의하면 선생님은 더 이상 선생님이 아니라고 했다. 휴직이 아니라 사직을 선택하신 것 같다. 방학이면 커다란 배낭을 메고 유럽 곳곳을 누비던 여행자, 나중에 결혼해서 남편과 여행을 가더라도 꼭 혼자만의 시간을 가지는 게 좋다고 권유하던, 생각이 힙했던 담임 선생님을 잊지 못한다. 선생님이 간간이 들려주던 여행담과 자신에게 영향을 준 영화와 음악에 대한 이야기는 간신히 졸라 듣는 교생 선생님의 첫사랑 이야기보다 100배는 더 흥미로웠다. 비록 거칠 것 없는 질풍노도의 십 대들은, 끊임없이 선생님의 권위와 마찰하며 때론 긴장의 순간을 만들기도 했지만.

누군가의 영향 아래

그 아이와 어떻게 친해졌는지 아무리 생각해 봐도 도무지 떠오르지 않는다. 하지만 고등학교 시절 그 아이의 지적인 수다에 탄복한 기억은 난다. E! 그녀는 정말 해박한 지식을 가진 친구였다.

그녀는 툭 치기만 해도 지식이 술술 쏟아지는 보물 상자 같은 아이였다. 그림도 어찌나 잘 그리는지 당시 만화 동아리 일원이기도 했다. 좋은 의미의 오타쿠적 기질이 다분했고 학교에서 자주 졸았지만 공부는 썩 잘했다. '수포자'였던 나는 그녀에게 수학을 배우기도 했다. 열의에 찬 나의 태도에 그녀는 만족하면서도 바닥을 뚫어 버린 나의 수학 성적에 안타까움을 금치 못하고 나를 위로해 주기도 했다. 대부분의 시간을 시니컬한 말투와 눈빛으로 보냈지만, 내가 책상에 철퍼덕 엎어져 질질 짜고 있으면 직접 그린 그림으로 만든 열쇠고리를 선물로 건네며 따뜻하게 등을 두드려 주었다. 좋은 사람.

당시 그녀의 소원은 이탈리아로 직접 가 자신이 응원하는 구단의 축구 시합을 보는 것이었다. 그녀는 한국 팀의 활약이 눈부시던 2002년 월드컵 때도 이탈리아를 응원했다. 공항으로 가 그들을 마중하고 싶어 안달스럽게 굴던 모습이 참으로 귀엽고 신기했다. **(아니, 친구야. 지금 이 시국에?)** 나는 고등학교 시절 문화적으로 그녀의 영향 아래 있었다. 문학이면 문학, 영화면 영화, 만화면 만화, E는 정말 모르는 것이 없었다. 교련 수업 날, 그녀는 선생님보다 더 쉽게 핵무기에 대해 설명해 주었다. 그때 날카롭게 스치던 밀덕의 면모 또한 잊을 수 없다.

방학이 다가오자 선생님 재량으로 가끔 수업 시간에 비디오를 감상할 수 있었다. 그때 E의 강력한 추천으로 우리 반 아이들은 한 편의 영화를 보게 된다. 바로 〈타인의 삶 The Lives Of Others, 2006〉이었다.

1984년 베를린 장벽이 무너지기 5년 전, 분단 상태였던 독일이 영화의 배경이다. 동독은 비밀경찰을 두고 국민들의 삶을 감시했는데, 비밀경찰의 숫자만 10만이 넘었다고 한다. 그중 냉혈한으로 불리며 누구보다 차가운 비밀경찰이었던 비즐러에게 임무가 떨어진다. 동독 최고의 극작가 드라이만과 그의 애인인 여배우 크리스타를 감시하라는 명령이었다. 체포할 수 있는 단서를 찾기 위해 비즐러는 그들의 삶을 감시하기 시작한다. 찔러도 피 한 방울 나오지 않을 것 같던 비즐러는 어느새 그들의 삶에 감화되어 급기야 눈물까지 흘린다.

비디오 키드의 생애

그들의 삶을 지켜보던 비즐러가 예술의 위대한 힘을 깨닫고 그로 인해 점점 인간적인 면모를 갖춘다는 이야기다.

비디오가 시작하고 조용하던 분위기가 바뀐 것은 10분도 채 지나지 않아서였다. 때리고 부수는 쾌감이 있는 블록버스터 영화였다면 화장실마저 참으며 비디오를 감상했을 아이들이 부산스럽게 움직이기 시작하더니 급기야 왁자지껄 떠들어 댔다. 몇몇은 아예 엎어져서 잤다. 그중에 나도 있었다…. 십 대의 성장에는 잠이 최고라, 내려오는 고개를 들 수 없었다고 변명해 본다.

나는 E가 이 영화를 입에 침이 마르도록 칭찬한 것을 익히 알고 있었다. 당시 E는 나에게 이 영화와 함께 가브리엘 가르시아 마르케스의 소설 《백 년 동안의 고독》을 볼 것을 강권하다시피 했다. 이 영화와 그 책을 꼭 보라고. 그것을 보면 삶이 바뀐다고 말이다. 책을 좋아하고 영화를 좋아하는 나였지만 그땐 왜 그랬는지 그녀의 추천에 대충 대답했다. 비디오가 상영되는 내내 아이들은 더욱 번잡해지기 시작했다. 영화는 별다른 액션 없이 묵묵히 사람들을 비추고 있었다. 나중에 E는 노골적인 실망감을 내게 토로했다. 자기가 추천한 영화에 아이들이 무심해서가 아니라 이렇게 좋은 영화를 두고도 보지 않는다는 안타까움 때문이었다. 나는 채 마르지 않은 입가의 침을 닦으며 반 아이들을 대표해 그녀에게 사죄했다.

스물두 살에 《백 년 동안의 고독》을 읽었고, 서른이 되어 〈타인의 삶〉을 봤다. 영화를 보고 나서야 E가 왜 그토록 이 영화를 추천했는지 알 것 같았다. 나는 영화를 다 보고 나서 엄청나게 울어 버렸다. 모르면 몰랐지 알면 멈출 수 없다는 점. 그것은 예술도, 타인의 고통도 마찬가지였다. 비즐러는 단순히 예술에 심취한 것만이 아니었다. 그는 그들의 인생을 이해하기 시작했고 그들의 고통에 깊은 절망을 느꼈다. 그는 국가를 위해 헌신하는 삶을 살기로 했고 그에 묵묵히 따랐다. 그것은 신념이기도 했고 책임 있게 처리해야 할 임무이기도 했으니까. 무표정한 얼굴로 헤드폰을 머리에 끼고 국가의 안위를 위해 타인의 삶을 염탐하는 자. 드라이만과 크리스타를 알기 전까지 그는 흑백이 분명한 사람이었다. 오로지 감시와 처벌만이 가득한 세상. 하지만 그가 영화 마지막에 드라이만이 쓴 《아름다운 영혼을 위한 소나타》라는 책을 사며 포장하겠냐는 점원의 물음에 "아니요, 내가 읽을 거예요(It's for me)."라고 말하는 장면은 굉장히 무미건조하면서도 아름다웠다.

E의 말은 절반 정도 맞았다. 그 영화는 내 삶을 바꾸어 놓지 않았다. 나는 이미 예술이 인류사에 가지는 의의와 타인의 고통에 깊이 공감한 이후였으니까. 하지만 그 영화를 보고 난 뒤, 나는 더욱 단단해졌다. 가치 있는 것을 행하는 일이 얼마나 숭고한가에 대한 신념을 굳힐 수 있었다. 당장의 성과와 사람들의 열광, 진실에 눈감지만 평온한 삶. 하루에도 열두 번 흔들리는 마음은 재능에 대한 의문보다 가치 있는 무언가를 추구하는 일을 어리석게 만드는 이 세상 때문이었고, 그런 세상에 마음을 자꾸만 빼앗기는 나 때문이었다. 사람은 바뀌지 않아도 영혼은 흔들릴 수 있다. 그것은 이 세상 어떤 흔들림보다 가치 있다. 그 영화를 보며 흔들리는 내 영혼을 발견할 수 있었고 나 또한 누군가에게 기분 좋은 흔들림을 선물하고 싶다는 생각을 했다.

시간이 아주 많이 흘러 친구의 친구를 통해 E의 연락처를 알게 되었고 메시지를 보냈다. "나도 타인의 삶을 봤어. 정말 좋은 영화더라." 늦게라도 말할 수 있어 다행이라는 생각을 하며. 그리고 이 이야기에는 M. 나이트 샤말란 감독의 〈식스 센스 The Sixth Sense, 1999〉를 능가하는 반전이 존재했으니….

〈타인의 삶〉을 봤다는 이야기에도 E는 시큰둥한 반응을 보였다. 나는 어쩔 수 없는 시간의 공백이 만들어 낸 어색함이라 생각하며 멋쩍은 미소를 대신해 이모티콘을 마구 날렸다. 그리고 간간이 이어지던 연락은 어느 날 완전히 뚝 끊겼다. 그러고도 몇 년 뒤, 나는 비로소 알게 됐다.

불면의 새벽, 텔레비전 채널을 이리저리 돌리다 보게 된 〈타인의 취향 Le Gout des Autres, 1999〉 덕분이었다. '이상하다. 이 영화 왜 낯익지?' 묘한 데자뷔를 느끼며 영화를 보다 문득, 고등학교 2학년 시절 교실의 풍경이 떠올랐다. 아뿔싸! 얼굴이 붉게 달아오르는 것을 느꼈다. E의 영화는 〈타인의 삶〉이 아니라 〈타인의 취향〉이었다. 철없던 시절의 치부를 마주한 듯 곁눈으로 영화를 봤다. 차마 똑바로 보는 것이 힘겨웠다. 나의 부끄러움에도 아랑곳없이 영화는 제 할 일을 했다. 심지어 탁월하게! 영화는 공장을 운영하는 사장 카스텔라와 그녀의 영어 선생 클라라를 중심으로 전개된다. 취향에 대한 오랜 편견과 취향이라는 단어가 내포한 사회학적 계층과 격차에 대해 영화는 수준 높은 사카즘(Sarcasm)을 동원해 풍자하고 있었다.

한동안 말없이 〈타인의 취향〉 포스터를 봤다. 마주 보고 있지만 절대 마주치지 않는 시선. 서로를 향해 다른 곳을 보고 있는 두 남자, 일러스트와 어우러져 익살스럽게 표현된 사람들. 나는 바위에 머리를 부딪혀 기억을 잃고 외딴섬에 떨어져 그곳에서 자리를 잡고 자신을 구해 준 여자와 아이까지 낳고 오순도순 살다가 가족 마실 겸 떠난 여행에서 첫사랑이자 과거의 부인을 만난 충격으로 기억이 단번에 돌아온 일일 드라마의 주인공처럼 허망한 표정으로 그 포스터를 보고 또 바라봤다. 당사자인 나도 이렇게 기가 차는데, E는 내 메시지에 얼마나 기가 찼을까. 미안하다, 친구야. 타인의 취향을 헤아리는 일은 그 사람의 본질을 이해하는 것만큼이나 힘든 거구나. 그때 자면서 흘리던 입가의 침이 내 마음의 눈물이 되어 흐르고 있단다.

우리는 각자 다른 영화 속에서 열연하지만,
사랑이라는 주제 앞에 만났다.

미스터리 비디오

비디오방은 비디오 감상이라는 처음의 의도와 달리 변질된 목적으로 뉴스를 장식하곤 했다. 일단 '방'이라니! 비디오 뒤에 붙여진 '방'이라는 단어는 방문을 닫으면 자식이 큰일 나는 줄 아는 부모들의 불안을 자극했다. 엄격한 부모들에게는 PC방만큼이나 비디오방도 유해한 곳으로 치부되었다. 나 또한 편한 복장으로 침대에 늘어져 비디오를 볼 수 있는데, 굳이 비디오방에 가는 것은 필시 불순한 의도가 있을 것이라는 편견에서 자유롭지 못했다.

고등학교 1학년 무렵이었다. 청소년은 비디오방을 비롯한 여러 가지 방에 10시 이후 출입하는 것이 금지되었다. 사실상 비디오방은 대낮에도 미성년자가 출입할 수 없는 곳이었다. 어른이 된 지금, 당시의 나를 돌아보면 답답할 정도로 보수적이었다(**비디오만 제외하고**). 반 아이들 몇몇이 비디오방 체험설을 풀기도 했지만, 정작 비디오를 끼고 살던 나는 그곳에 가 보려는 어떠한 시도도 한 적이 없었다. L을 만나기 전까지는 말이다.

L을 처음 만난 건 학원에서였다. 유학을 가야겠다는 결심이 선 나는 하교 후 학교 근처의 어학원을 다녔다. 저녁반 수강생은 대부분 직장인이었고 고등학생은 서너 명이 전부였

다. 나는 나와 같은 신분인 L을 곁눈질로 훔쳐보았다. 'OO 학교네. 말을 걸어 볼까. 하긴 같은 나이대라고 무턱대고 친구 할 순 없지. 쟤도 유학을 가려는 걸까. 어색하게 이야기하느니 어색하게 혼자 앉아 있는 편이 나을지도' L은 나처럼 늘 홀로 앉아 있었는데 무표정한 가운데도 어떤 여유가 흘렀다. 고고함이랄까? L은 정말이지 호수 한가운데 유유히 헤엄치는 백조처럼 도저한 자태를 뽐냈다. 당시에는 싸이월드 얼짱이 유행을 했다. 나는 혹시나 하는 마음에 L의 이름을 검색해 보았지만 목록에 없었다. L과 같은 학교를 다니는 친구들의 싸이월드에 들어가 그들의 일촌을 타고 사람과 사람 사이를 유영했지만 어쩐 일인지 L의 흔적은 찾을 수 없었다. 나는 스토킹에 버금가는 광기를 숨긴 채 학원에서 L과 마주치면 간단히 목례만 했다. 두 달이 흘렀을 무렵, L이 내게 말을 걸었다.

"고2 맞죠?"
"네."
"나도 고2인데."
"아, 알아요."
"음료수 마실래요?"

비디오 키드의 생애

선배 언니에게 불려 나가는 후배처럼 쭈뼛거리며 L의 뒤를 따라나섰다. 자판기 앞으로 간 L은 동전을 넣은 뒤 내게 먼저 선택권을 주었고 나는 솔의 눈을 골랐다. 순간 그 아이가 눈을 반짝이며 "어? 나도 솔의 눈 좋아하는데." 하고 말했다. 아이들 사이에서 솔의 눈은 30대 이상 남자 선생님들이 자주 찾는 음료로 통했다. 그때 처음으로 그 아이의 웃는 얼굴을 보았다. 예뻤다. 보조개가 움푹 팬 두 볼에 자꾸만 시선이 갔다.

"반말할까?" L이 솔의 눈 한 모금을 마시며 제안했다. 솔의 눈을 마시는 너라면 난 무조건…. "오케이! 그래, 그러자." 다시 말이 없던 우리. L이 어색하게 웃었다. 나는 그 아이의 보조개를 바라보다가 그간 마음에만 품고 있던 말을 던졌다.

"너 혹시 음정희라고 알아?"
"음정희?"
"어, 옛날에 인기 많았던 탤런트."
"탤런트? 난 잘 모르겠네. 그 사람이 왜?"
"너 그 사람 닮았어."
"아, 그래? 궁금하네. 그런데 음씨도 있구나."

우리는 그러면서 자연스럽게 특이한 성씨에 대해 이야기를 나눴다. 그야말로 의식의 흐름. 일순간 우리 사이의 장벽이 허물어진 기분이었다. 어울리지 않는 두 사람이 이렇게 친해진다는 게 말이 돼? 우리는 개연성 없는 로맨스 영화의 첫 장면처럼 서로에게 다가갔다.

그간의 어색함이 무색할 만큼 우리는 빠르게 가까워졌다. 주고받는 연락의 빈도도 잦아졌는데, L 쪽에서 먼저 말을 건네는 경우가 더 많았다. 나는 겉모습에서는 발견할 수 없던 L의 친근함이나 소탈함 같은 것에 반했으면서도, 학원을 마친 뒤 L을 기다리는 오빠들이나 나이대에 어울리지 않는 늦은 시간까지의 외출이 자주 신경 쓰였다. L은 행동반경도 나와 달랐다. 내가 주말에 가족들과 찜질방에 가거나 집에서 떡볶이를 먹으며 〈SBS 인기가요〉를 본다면, L은 아는 사람들과 압구정이나 강남역 혹은 명동의 카페에 '그냥 앉아 있다'고 말했다. 친구들을 만나면 주로 즉석 떡볶이 집이나 학교 근처 바스타파스타, 캔모아, 레드망고에 가고, 카페에서 큰맘 먹고 8,000원짜리 바나나 주스를 시켜 먹는 나와 달리 L은 학교 친구들과 잘 어울리지 않았고, 일찍이 라테를 마셨으며 8,000원에 벌벌 떠는 아이가 아니었다. 주변에 L 같은 아이들이 없는 건 아니었다. 어른의 경계에 한 발짝 더 앞서

비디오 키드의 생애

가 또래 사이에서 의기양양하게 구는 타입. 그런 아이들은 자신이 누구와 만나 무엇을 하고 어디에 갔는지 떠벌리기 좋아했다. L은 그렇지 않았다. 그래서 그게 누구에게 보여 주기 위함이 아닌 정말 그 아이의 삶이라는 생각이 들었다. 나는 L을 선망하는 동시에 질투했다. L을 보지 않는 날에는 L에게 토라지고, L을 만나면 누구보다 다정한 친구가 되어 주고. 위태위태하게 양극단의 감정을 오고 가는 것을 L은 모른 채 우리의 우정은 이어졌다.

한동안 학원을 빠진 L은 몸이 아팠다고 연락해 왔다. L은 내게 뭐 하고 있느냐고 물었다. 엄마가 만들어 준 군만두를 먹으며 지루한 주말을 견디고 있다는 사실을 그럴싸하게 포장하기 위해 고심하는 찰나 L이 대뜸 이렇게 물었다.

- 비디오방 갈래?
- 비디오방? 거기 미성년자는 못 들어가는 거 아니야?
- 그렇지. 그런데 우리는 갈 수 있지.

L은 압구정에서 만나자고 했다. 뭐? 압구정? 우리가 살던 곳에서 압구정은 그리 멀지 않았다. 하지만 압구정에 대한 나의 정서적 거리가 너무나 멀었다. 나는 중학교 2학년을 마

칠 무렵 경기도로 이사 왔고 '서울'이라 하면 가족들과 롯데월드에 가거나 친구들과 하릴없이 코엑스 상가를 걸어 다니는 정도였다. 선화예중을 나온 짝이 매일 압구정 이야기를 하긴 했다. 동창들을 만나러 압구정에 가야 한다며 갤러리아 백화점에서 신상을 쫙 빼입었다는 이야기를 들었을 땐, 압구정이 나 같은 촌년을 받아 줄 리 없다는 선입견의 장벽을 쌓았다. 그런데 압구정이라니, 더군다나 압구정 비디오방이라니? 나는 약속을 수락하면서도 한편으로는 폭우가 내리거나 L의 컨디션이 다시 나빠져 약속이 취소되길 바랐다.

동네 번화가에 갈 때도 옷을 고르느라 고심하는데 무려 압구정에 가야 한다면 무슨 옷을 입어야 할지 감이 오지 않았다. 게다가 비디오방에는 무슨 수로 들어간단 말인가. 나는 아직도 '너 혹시 초등학생이니?'라는 소리를 듣는데. 안절부절못하면서도 십여 벌의 옷을 입었다 벗었다 반복한 뒤 지하철역으로 갔다. 압구정역에서 내려 L이 알려 준 곳(로데오거리)으로 한참을 걸었다. 〈바람부는 날이면 압구정동에 가야한다 1992〉라는 영화를 생각하면서. 거기에 등장한 압구정은 주지육림의 세계였건만 정오의 압구정은 사람들만 붐빌 뿐 생각보다 평범했다. 나는 다시 어깨를 펴고 L을 향해 달렸다. L은 쭈그리고 앉아 이어폰으로 CD 플레이어를 듣고 있었다.

L은 환하게 웃으며 나를 반겼는데 어딘지 모르게 달라 보였다. 온전하게 사복 입은 모습을 처음 봤기 때문일까. 나와 팔짱을 낀 L은 한 건물의 2층으로 나를 데리고 갔다. 상가 한쪽 호프집에서 시큼한 맥주 냄새가 났다. 나는 비디오방의 입구를 보며 침을 삼켰다. L은 지체 없이 문을 밀었다. 카운터의 남자가 일어나 우리를 보았다. 그는 L을 보며 코를 찡긋했다. L은 미국 사람처럼 어깨를 들썩였다. 둘만의 보디랭귀지에 끼지 못한 나는 뻘쭘하게 눈알만 굴렸다. 남자는 벽면을 향해 손을 뻗으며 영화를 고르라는 시늉을 했다. L이 내게 말했다.

"네가 골라 줘. 영화 좋아하잖아."
"어떤 거 보고 싶은데?"
"왜 그런 거 있잖아. 생각하게 만드는 그런 영화 말고 그냥 막 웃긴 거."

L은 영화를 좋아하는 타입이 아니었다. 텔레비전도 잘 보지 않았다. 영화에서만큼은 L의 취향이 도무지 파악되지 않았다. 나는 고심 끝에 유머의 고전이라 할 수 있는 짐 캐리의 〈에이스 벤츄라 Ace Ventura: Pet Detective, 1994〉, 〈덤 앤 더머 Dumb & Dumber,1994〉, 〈케이블 가이 The Cable Guy, 1996〉를 골

랐다. L은 비디오 갑을 유심히 보더니 고개를 저었다.

"자막 보기 귀찮은데 한국 건 없어?"

그 무렵 L이 양동근이 YDG란 예명으로 낸 《Yangdonggeun AKA Madman》 앨범을 자주 듣는다는 사실을 알고 있었다. 의식의 흐름은 자연스럽게 양동근이 출연한 최신작으로 향했고 그 비디오의 제목은 〈해적, 디스코 왕 되다 2002〉였다. 영화에 대한 정보라고는 양동근이 등장한다는 사실 하나. 힙합을 멋들어지게 부르며 브레이크를 추는 양동근이 당연히 디스코 왕이 될 거라는 믿음으로 우리는 그 비디오를 신청하고 방으로 갔다. 우리 등 뒤에 대고 남자가 말했다. "너희 가방 안에 맥주 같은 거 숨겨 온 거 아니지?" L이 어이없다는 듯 피식 웃었다. 남자가 미소 지었다. 나만 또 뻘쭘했다.

"근데 우리 진짜 여기 있어도 되는 거야?"
"응, 있어도 된다고 했어."
"그래도 혹시 단속 같은 거 뜨고 그러면 큰일 나는 거 아니야?"
"괜찮아. 어차피 인기 없는 비디오방이야."
"아, 그래? 근데… 영화 재미없을지도 몰라. 막 웃긴 한국

영화는 생각이 잘 안 나서 그냥 양동근이랑 임창정 나오길
래 고른 거야. 둘 다 재밌는 사람들이잖아."

"괜찮아, 진짜. 재미없으면 재미없는 대로 다 괜찮아."

L은 어린아이를 달래듯 다정하게 말했다. 영화는 80년대
달동네를 배경으로 하고 있었다. 해적(이정진), 봉팔(임창정), 성
기(양동근)는 수업에 빠지기 일쑤, 허구한 날 싸움질을 해 대
며 몰려다니는 단짝 친구들이다. 셋 중 가장 인물이 좋은 해
적은 어느 날 갈래 머리 소녀(한채영)를 만나 사랑에 빠진다.
그즈음 봉팔은 사고 당한 아버지를 대신해 일을 한다. 봉팔
이 보이지 않자 봉팔의 집을 찾아간 해적과 성기. 해적은 봉
팔의 여동생 사진을 발견하고 놀란다. 자신이 사랑에 빠진
소녀였다. (단짝인데 여동생을 모르는 게 말이 되나?) 이름은 봉자. 봉
자는 가세가 기울자 나이트클럽에 팔려 가고, 해적은 그녀를
구출하기 위해 디스코 대회에 참가한다. 생각해 보자. 일단
디스코가 나오고 임창정이 나온다. 주인공 사내들은 소위 구
제불능의 문제아들. 이건 딱 봐도 코미디였다. 갈등과 위기가
오지만 제비족 스승에게 도움을 요청하는 이 영화는, 작정하
고 관객을 웃기려 만든 영화임에 틀림없었다. 물론 모든 영화
가 장르적 목표를 성실히 수행하는 것은 아니다. 이 영화는
우리를 웃기지 못했다.

다친 아버지를 대신해 똥지게를 지고 일하던 봉팔은 그를 찾아온 친구들 앞에서 얼터진 얼굴을 하고 흐느낀다. 장자의 호접지몽(胡蝶之夢)처럼 "일 끝나고 몸을 씻는데 씻어도 씻어도 냄새가 나. 바닥까지 뺐나 봐. 이제는 똥이 똥인지 내가 똥인지 모르겠어."라는 말을 하고는 엉엉 울어 버린다. 일사불란하게 웃음을 주기 위해 노력하던 코미디가 갑자기 슬픈 장면을 쏟아 내자 기분이 이상해졌다. 그건 부모님과 함께 영화를 보다 베드 신을 봤을 때와 같은 민망함이었다. 나는 높이 올라간 공감성 수치를 끌어내리기 위해 '역시 임창정의 연기는 과소평가되었어', '임창정은 참 몸을 잘 쓴단 말이야' 같은 딴생각을 했다.

내가 딴생각을 하는 사이 갑자기 L이 훌쩍이기 시작했다. "왜 울어?" 물어도 답이 없었다. '설마 저 장면이 슬퍼서 우는 건 아니겠지?'라고 생각하는 순간, L이 "슬퍼서. 그냥 슬퍼서." 하고 말했다. 나는 티슈를 몇 장 뽑아 L에게 건네주고 영화가 흐르는 스크린만 가만히 응시했다. 당시 나에게는 슬퍼하는 사람의 손을 잡아 주거나 어깨를 토닥일 만큼의 다정한 기질이 없었다. '생각보다 눈물의 장벽이 낮은 아이로군' 속으로 멋대로 평하는데 L이 음료수를 건네던 날처럼 대뜸 "나 사실 집 나왔어." 하고 먼저 내뱉었다. 나는 가만히 L을 바라보았

비디오 키드의 생애

다. 스크린의 3인방은 복수를 다짐하며 디스코 왕이 될 플랜을 열심히 짜는 중이었다. 나는 리모컨으로 그들의 목소리를 최대한 낮췄다. 우리에게 영화는 더 이상 중요하지 않았다.

짜증이 나면 방 안에 틀어박히지 집을 벗어날 생각을 해본 적 없던 나에게 L의 가출 소식은 뉴스 속 재난만큼 먼 이야기였다. 가출은 겁 없는 날라리들이나 하는 거라고 생각했다. 내 앞에서 우는 L은 좀 비밀스러운 구석이 많긴 해도 그냥 작고 가여운 여자아이에 불과했다.

"왜인지 물어봐도 될까?"
"절대 아무한테도 말하지 않겠다고 약속해."

차분한 어조와 달리 사연은 격정을 담아내는 동시에 서늘함을 주었고 그래서 온몸이 떨렸다. L의 동선이 넓은 이유는 한곳에 정착하기엔 불안 요소들이 많기 때문이었고 그녀 곁에 존재하는 다양한 사람들은 사교 생활의 일환이 아닌 생존을 위한 부표와도 같았다. 아무에게도 말하지 말라는 약속을 지키고 싶기에 그녀의 이야기를 여기에 옮길 수는 없다. 다만 그녀의 삶이 평범한 십 대가 감당할 만한 수준은 아니었다는 것만은 말할 수 있겠다. L은 아빠의 바람대로 중국으로 가는 것을 고려하고 있지만 여전히 갈피를 잡지 못하겠다고 했다. 남은 러닝 타임은 L의 이야기로 채워졌다. 우리는 영화가 어디로 흘러가는지도 모른 채 방을 빠져나왔다.

L의 붉어진 눈을 본 카운터 남자는 짧게 한숨을 쉬더니 카운터 아래에서 L의 가방을 꺼내 주었다. 불룩한 가방 밖으로 삐져나온 교복 넥타이가 보였다. "이제 그만 집에 가라." 남자는 작별 인사 대신 이렇게 말했다. L은 지하철역까지 나를 배웅해 주었다. 나도 비디오방 남자처럼 이제 그만 집으로 가라고 말하고 싶었지만 할 수 없었다. "월요일엔 학원에서 봤으면 좋겠다." 이 말을 끝으로 우리는 다시 보지 못했다. 이틀 정도 L과 문자를 주고받긴 했다. L은 '흐흐흐'를 엄청 붙인 채 '그래서 걔네들은 디스코 왕이 된 걸까?'라는 농담을 던졌다. 나는 그런 하잘것없는 잡담들이 별일 없음의 신호라 생각했다. 하지만 평일 내내 L은 학원에 오지 않았다. 걱정을 숨기고 L이 하듯 수많은 '흐흐흐'를 붙여 왜 학원에 오지 않느냐 문자를 보냈다. 답장이 없었다.

반년도 지키지 못한 우정이었지만 나는 우리 앞에 놓일 수 있었던 많은 날들에 대해 생각했다. 중국어와 중국 대학 입학시험을 함께 공부하고 서로의 성장을 응원하는 것. 우

178

리 둘 다 상해에 가고 싶었다. 원하는 과는 달랐지만 같은 대
학을 생각했다. 만약 둘 다 그 학교에 다닌다면 외롭거나 힘
들 때 서로에게 기댈 수 있었을 것이다. 기숙사에 살지 않으
면 자취를 해야 하니 내 생애 첫 룸메이트가 되었을지도 몰
랐다. 조급하게 부풀린 기대들은 그만큼 조급하게 소멸했다.

〈해적, 디스코 왕 되다〉를 다시 감상하게 된 건 중국에 유
학을 간 이후였다. 상해에 가려던 계획은 틀어지고 북경에서
학교를 다녔다. 당시 길거리에는 불법 복제한 DVD들이 즐비
했다. 개봉한 지 오래된 영화의 자막은 온전했지만 신작 영
화의 자막은 10개 중 8개가 구글 번역을 그대로 가져온 말
장난의 향연이었다. 모험이 귀찮은 날에는 이미 감상한 한국
DVD를 샀다. 안 보는 것보단 나았으니까. 〈해적, 디스코 왕
되다〉를 발견한 나는 주저 없이 10위안(**당시 환율로 1,200원 정
도**)을 지불했다. 맥주에 짬뽕을 안주 삼아 먹으면서 컴컴한
자취방에서 엉엉 울었다. 문제의 장면, 똥지게 이야기를 하며
임창정도 쭈그리고 앉아 엉엉 울고 있었다. 다시 한번 영화
는 거기서 멈췄다. 내가 궁금한 건 영화의 결말보다 L의 지금
이었으므로.

사람들은 첫사랑을 잊지 못한다는데 나는 나의 처음이자

마지막인 비디오방을 잊을 수가 없다. 눅눅한 비디오방의 습도를 더욱 높여 준 L의 울음과 고백들. 시간이 지나 〈해적, 디스코 왕 되다〉를 말했을 때 이 영화를 아는 사람이 없다는 게 무척 이상하게 느껴졌다. '아무리 흥행이 저조했다지만 이건 마치 나만 본 영화 같군.' 그런 생각을 하면 그날의 비디오방이 꼭 내 착각인 것만 같다는 생각이 들었다. 우리를 웃기지 못했던 코미디 영화. 제목처럼 해적은 디스코 왕이 되었을까? 그날 비디오방에 있던 모든 것이 미스터리로 남은 채 내 기억 한 구석에 묻혔다. 검색만 하면 모든 것을 알 수 있는 세상에 살면서도 나는 여전히 이 영화를 미스터리로 남겨 두었다. 어쩌면 결말을 알고 싶지 않은 것일지도 모르겠다.

비디오 키드의 생애

여자 둘이 봉만대 감독 영화를

사람들은 내게 낯을 많이 가린다고 하지만 내 생각은 좀 다르다. 낯을 가린다는 것의 사전적 의미를 보자. 우선 첫 번째, 갓난아이가 낯선 사람을 대하기 싫어하다. 두 번째, 친하고 친하지 아니함에 따라 달리 대우하다. 세 번째, 체면을 겨우 세우다. 마지막 뜻은 좀 낯설다. 예는 이렇게 나온다. '이번 대회에서는 겨우 낯가릴 정도의 성적으로 입상하였다.'

나는 사람을 대하기 싫어하지도 않고 친한 사람, 안 친한 사람 달리 대우하는 것 없이 일관적으로 좀 무심한 형태를 취하며 체면이라는 단어 자체를 극도로 싫어한다. 그러니 나는 낯을 가려서 뚱하다기보다 타고나길 이 모양인 것이다. 오면 오는 대로 가면 가는 대로 사람을 붙잡으려 하지 않는다. 새 학기가 시작되면 무리를 만들기 위해 노력하는 아이들 사이에서 가만히 앉아 있는 편이었다. 그러다가 다가오는 사람에게 불쑥 농담을 건네 웃음 짓게 만들고, 내가 마음에 드는 사람은 쭉 지켜보며 혼자 응원했다. 그리고 자주 그들 곁에서 사라지기도 했다. 낯가리기보다는 제멋대로인 사람에 더 가까울지도 모르겠다.

C와의 만남에서 이런 습관을 깼다. 동아리 후배로 들어온 그 아이에게 먼저 인사하고 다가갔다. 서로 이름 말고는 아

는 것도 없는데 저녁에 영화 한 편 보자는 약속을 잡았다.
마침 그날 새 DVD 한 편을 빌렸기 때문이다. C는 얼떨떨한
표정으로 나의 제안을 수락했다. 다행히 그즈음 중국에서
유학 생활을 하는 학생들의 보금자리에는 DVD 플레이어가
필수로 구비되어 있었다.

그날 저녁 달랑 DVD 한 장만 들고 가기 뭐해서, 맥주 몇
캔을 사 들고 그 아이 자취방으로 갔다. 내 손에는 공포 영
화 〈신데렐라 2006〉가 들려 있었다. 오랜 시간이 지난 후에
그것이 에로 영화로 이름을 날린 봉만대 감독의 작품임을
알게 됐다. 똘똘한 눈을 가진 어린 신세경이 지독하게 무서
운 엄마 도지원 밑에서 살아남기 위해 고군분투하는 영화를
보며 우리는 서로에 대해 알아 가는 시간을 가졌다. 집이 어
디냐, 왜 북경에 와서 공부하냐, 친구들은 좀 많이 사귀었냐,
여기 온 걸 후회하지 않냐, 같은 시시한 이야기를 나눌 때마
다 화면에서는 소스라치는 비명이 흘러나왔다.

일명 '맛섹사'. 풀 네임으로 말하면 〈맛있는 섹스 그리고
사랑 2003〉이라는 영화로 봉만대 감독을 처음 알았다. 냉장
고 문을 열고 여자(김서형) 몸에 남자(김성수)가 초콜릿을 발라
먹는 에로틱한 장면이 기억에 남는다. '저렇게 옷도 안 입고

냉장고 문 앞에 있으면 많이 추울 텐데' 걱정하면서 봤다. 에로 영화로 유명한 봉만대 감독의 공포 영화는 어떨까.

〈신데렐라〉의 줄거리는 이렇다. 도지원은 사고를 당해 얼굴을 다친 자신의 딸을 위해 성당에서 친해진 아이를 집으로 유인한다. 그리고 유인한 아이의 얼굴을 도려내 자신의 딸에게 이식한다. 도지원이 성형외과 의사이기 때문에 가능한 일이다. 정작 딸은 자신을 입양아로 알고 있다. 엄마가 아무에게도, 심지어 남편에게도 말하지 않고 아이의 얼굴을 이식해 버렸기 때문이다. 얼굴이 바뀐 걸 설명할 방법이 그것밖에 없었다. 그리고 얼굴을 이식해 준, 아무것도 모르고 지하실에 갇혀 사는 아이의 저주가 시작된다는 기괴한 이야기였다.

공포 영화의 특성상 잔혹하거나 소름 끼치는 요소들이 등장하는 것은 당연하지만, 이 영화만큼은 지하실에 갇힌 아이가 너무 불쌍해서 기분이 좋지 않았다. 영화의 완성도를 떠나 대부분의 공포 영화는 이런 찜찜한 기분을 남기는 것 같다. 아무튼 C와 나는 어색하게 맥주를 홀짝이며 영화를 봤다. 공포 영화답게 신경을 자극하는 음악과 귀신의 깜짝 등장으로 자연스러운 스킨십이 이루어져야 했지만, 어색한 우리는 어깨만 들썩거릴 뿐이었다. 어쨌거나 우리의 관계는 그렇게 시작됐다. 〈신데렐라〉를 봤다는 사실은 까맣게 잊었다. 사실 우리는 후반부에 영화를 아예 꺼 버렸다. 솔직히 말해 저 영화를 딱히 추천하지 않는다. 〈신데렐라〉를 함께 봤다는 것이 어쩌면 흑역사의 출발을 알리는 신호탄이었는지도 모르겠다. 봉만대 감독의 영화를 봐야 한다면 그것은 〈맛있는 섹스 그리고 사랑〉이다.

후에 C는 그런 식으로 자신에게 다가온 사람이 내가 처음이라고 했다. 나도 그런 식으로 누군가에게 다가간 경우가 처음이었다. 나보다 한 살 어린 C는 처음 3년 동안 존댓말을 썼다. 아직 해맑기만 했던 C는 내가 주절거리는 개똥철학을 인내심을 가지고 들어 주었다. 내가 북경을 떠날 때 C는 편지 한 장을 적어 주었다. 편지에서 C는 나를 '데미안'이라고 불렀고 자신을 '싱클레어'라고 칭했다. 이렇게 말하면 내가 그 아이에게 무언가 큰 영향을 줬다고 생각하겠지만, 단지 C에게 조금 더 자신감을 가지라고 장려한 게 전부였다. 물론 그 장려의 중심에 코스모폴리탄을 비롯한 각종 칵테일과 다양한 주류 및 안주들이 자리잡고 있었지만.

어느 순간 그 아이는 내게 말을 놓았다. 말을 놓자 조금 더 친밀해졌다. 그 아이와 나는 매우 다른 성향의 사람이었지만

15년이 넘는 시간 동안 서로의 고민을 들어 주며 우정을 이어 갔다. 우리가 인생에서 제일 초라했을 때, 빨간 뿔테 안경을 끼고 플라스틱 머리띠를 하고 양털 부츠에 황토색 코듀로이(보다는 '골덴'이라 칭하고 싶은) 치마를 입고 새벽 2시에 도로 교통법 따윈 무시한 채로, 도로 한복판에 진입해 막연한 자유를 외치던 그때. 우리는 이제 각자의 삶을 살며 드문드문 연락하지만 얼굴을 마주하는 날이면, 마치 워크숍에서 제일 중요한 식순처럼 흑역사의 나날을 복기하는 것을 그만두지 않는다. C는 나보다 더 흑역사의 순간들을 애틋하게 여기는 것 같다. 이제는 촌티랄 것이 느껴지지 않을 만큼 세련된 '서울 언니'가 되었음에도, 과거 이야기를 할 때면 C의 얼굴은 어쩐지 그때 그 시절의 표정을 보여 주기 때문이다. 우리는 여전히 정반대의 성향을 가지고, 너무나 다른 가치관이 빚은 관점으로 인해 서로를 당황케 하기도 한다. 삶의 패턴 또한 판이해 만남을 정하는 것도 쉽지 않다. 그러나 〈신데렐라〉를 함께 보던 그날처럼, 우리는 모르는 사이처럼 지내다 느닷없이 서로를 마주한다. 서로가 마지못해 들어 주는 척하면서도 이야기는 오래 이어진다. 미운 정 고운 정은 이럴 때 쓰는 말인 듯싶다.

거절할 수 없는 제안

나는 바깥에 나가 놀기보다는 방 안에 가만히 앉아 공상하며 정신적인 모험을 즐기는 아이였다. 하루에도 수십 번씩 상상의 나래를 펼치고 책과 영화를 양식 삼아 정신의 포만감을 느꼈다. '애가 집에만 있으면 사회성이 떨어지지 않을까?'라는 걱정은 금물. 오히려 간접적인 경험을 통해 해야 할 것과 하지 말아야 할 것을 아주 잘 아는 아이로 성장했다. 신형철 평론가도 말하지 않았던가! 문학은 피 흘리지 않고 인생을 시뮬레이션할 수 있는 공간이라고. 물론 문학뿐만 아니라 탁월한 이야기를 동반한 모든 창작물이 내게는 그런 공간이었다.

특히 아메리칸드림을 이루기 위해 가족과 함께 북미로 이주해 식당을 차린 남미나 이탈리아 출신 이민자를 다룬 영화를 좋아했다. 영화 속 그들이 운영하는 식당 주방 서랍에는 늘 총기가 구비되어 있고, 그들은 대체로 음식보다 각종 약물을 파는 것에 열을 올렸다. 그런 장르를 우리는 '누아르'라 부른다. 누아르 영화를 이끄는 페르소나는 대부분 마피아였다.

누아르 영화를 섭렵하며 폭력이 주는 자극적인 쾌감에 취하는 동시에 쓰레기 더미처럼 쌓이는 피투성이 시체들이 던

비디오 키드의 생애

지는, 이를테면 '똑바로 살아라' 같은 경고에 홀로 숙연해지곤 했다. 지금 생각해 보면 그네들의 삶이란 것이, 내가 절대 가닿을 수 없는 영역이었기에 더 호기심을 가진 것 같다. 엿보고 싶고 알고 싶지만 한번 들어가면 목숨을 잃기 전에는 발을 뺄 수 없는 그 폭력의 세계를, 안온한 보금자리에서 체험하는 특권이란! 영화가 끝나면 악몽에서 막 깬 사람처럼 드라마라고는 한 방울도 없는 소박한 나의 생을 누구보다 꽉 끌어안을 수 있었다.

1970~1990년대 누아르 영화에 단골로 등장하던 배우들 중 특히 좋아하던 배우가 있었으니 바로 알 파치노와 로버트 드 니로였다. 연기를 전공하는 사람들에게 두 배우는 롤모델이라는 말도 부족할 정도로 연기의 왕좌에 올라가 있는 인물들이다. 나 또한 알 파치노와 로버트 드 니로의 이름이 보이면 영화 내용을 몰라도 일단 비디오를 집어 드는 것에 주저함이 없었다. 나는 매번 그들에게 압도당했다. 마치 〈대부 Mario Puzo's The Godfather, 1972〉 속 비토 코를레오네에게 거절할 수 없는 제안을 받은 사람처럼.

특히 〈대부〉 시리즈는 나를 충만한 만족감으로 적셔 주었는데, 완벽에 가까운 내러티브는 물론이거니와 전설적인 두 배우의 연기를 한 화면에서 볼 수 있다는 사실만으로도 행복을 느꼈다. 물론 둘은 한 번도 만나지 않지만.

〈대부〉 시리즈는 시칠리아에서 미국으로 이주해 온갖 고초를 겪다 암흑가 최고의 마피아로 거듭난 코를레오네 가문의 흥망성쇠를 그린 영화다. 영화판 《대지》랄까. 말론 브란도가 분한 아버지 비토 코를레오네와 알 파치노가 연기한 제일 영특한 셋째 아들 마이클 코를레오네의 이야기가 영화의 중심이 된다. 로버트 드 니로는 비토 코를레오네의 젊은 시절을 연기한다. 나는 알 파치노를 더 좋아한다. 좋아한다는 말로 부족할 만큼 거의 푹 빠졌다. 그의 젊은 시절이 고스란히 담긴 〈대부〉를 보며 그에게 빠지지 않을 사람은 드물 것이다. 영화에서 연인으로 등장한 다이안 키튼과 알 파치노는 〈대부〉를 계기로 실제 오랜 기간 열애를 했다. 1990년대, 두 사람의 결별 이후 다이안 키튼이 지금까지도 남자를 만나지 않은 이야기는 할리우드의 유명한 전설이 됐다. 알 파치노를 만났는데 다른 남자를 만날 수 있을까? 다이안 키튼이 이해된다.

마이클 코를레오네는 얌전한 아이비리그 대학생에서 마피아로 변신하는 데 끝내 성공한다. 아버지를 바라보는 그 우수에 찬 눈빛하며 삶은 달걀을 까 놓은 듯 반질거리는 피부와 아름다운 턱선이라니. 마이클을 연기하는 알 파치노를 보며 그가 왜소한 몸집을 가졌다는 생각은 조금도 할 수 없었다. 그야말로 작은 거인이었다. 사람에게 아우라라는 것이 있구나, 감탄에 또 감탄을 했다. 그렇다고 로버트 드 니로가 별로라는 말은 아니다. 로버트 드 니로는 정말 예리한 칼날 같은 느낌을 준다. 〈택시 드라이버 Taxi Driver, 1976〉에서 보여 준 광기 어린 연기는 입을 다물 수 없었다. 〈대부〉에서 맡은 젊은 비토 코를레오네 연기 또한 말할 것도 없이 훌륭하다. 발라드를 감미롭게 부르던 이승환과 신승훈 사이에서 고민하다가 나 홀로 이승환에게 왕좌를 씌워 주었듯, 로버트와 알 사이에서 고민하던 끝에 알 파치노의 손을 들어 주었다. 왜냐하면 나를 울리고 마는 것은 늘 알 파치노였으니까.

이상하게도 알 파치노의 연기를 보면 항상 눈물이 났다. 지금도 그렇다. 페이소스라는 단어가 사람이 되어 살아 움직이면 알 파치노가 아닐까. 로버트 드 니로의 연기에서는 신뢰와 탄복을 느끼지만, 알 파치노의 연기에서는 사랑과 연민, 그리고 치욕까지도 느낀다. 스크린을 뚫고 나오는 주인공의 수치심은 내 몫이 되어 며칠 밤을 앓게 만든다. 그가 미치광이 악당으로 등장해도 말이다.

두 사람은 남자 배우 최고의 자리를 지키고 있던 만큼 라이벌로 자주 언급됐다. 그를 의식한 것인지 둘은 웬만하면 같은 작품을 찍지 않았고 같은 작품에 나와도 좀처럼 함께 등장하지 않았다. 〈히트 Heat, 1995〉에서도 카페에서 잠깐 마주 보는 것 말고는 같은 프레임 안에 있지 않았다. 마틴 스코세이지 감독의 〈아이리시맨 The Irishman, 2019〉을 찍기 전까지는 말이다. 단순히 연기만으로 두 사람 중 하나를 고르라면 쉽게 답할 수 있는 사람이 없을 것이다. 나는 〈히트〉를 보기 위해 10년을 기다렸다. 여러 가지 꼼수로 미성년자 관람불가 비디오를 빌려 왔지만, 〈히트〉의 장벽은 높았다. 영화가 나오고 10년이 지나 성인이 되어서야 비디오를 빌릴 수 있었다. 그때의 감격은 속된 말로 '쩐다'라고 표현할 수 있겠다. 170분이라는 기나긴 러닝 타임을 단 한 번의 빨리 감기도 없이 황홀경을 느끼며 탄성을 내질렀다. 만만치 않은 기 싸움과 불꽃 튀는 연기 대결이 펼쳐졌다. 인터뷰에도 긴장감이 서려 있었다. 그때만 해도 두 사람이 다정히 손을 맞잡고 서로의 연기를 칭송하며 〈아이리시맨〉을 홍보하러 토크 쇼에 등장할 것이라고는 상상하지 못했다.

누아르라면 일단 봐야 직성이 풀렸던 어린 나는 무분별한 총질과 코카인으로 범벅이 된 화면을 보며 무럭무럭 자라났다. '그런 거 많이 보면 애가 비뚤어질 거야'라고 생각한다면 오산이라 말하겠다. 오히려 누아르 영화를 통해 정신의 모험을 거듭하며, 코카인으로 벌어들인 돈은 결국 그들의 망가진 뇌를 고치는 병원 비로 들어간다는 사실을 깨달았다. 재활원이나 병원에 가서 몸을 고칠 기회라도 있으면 다행이지. 대부분의 등장인물은 상대편 총에 맞아 죽거나 가족에게 뒤통수 맞거나 그도 아니면 마약을 하다 코와 뇌에 구멍이 뚫리고 혈관이 터져서 죽었다. 그리고 그 죽음은 영면보다는 '뒤진다' 쪽에 가까웠다. 심지어 주인공까지도.

마초들이 대거 나와 성공을 위해 허세를 시전하며 여자를 도구화 혹은 대상화하고, 타인의 존엄성을 무시하고 생명을 경시한 채 놀이처럼 살인을 해 대며 마약이 무슨 영양제라도 되는 듯 밥보다 더 자주 섭취하는 영화들을 봤지만, 나는 잘 자랐다. **(사람마다 기준은 다르겠지만)** 내 생각에 극악무도한 타락 종합 세트를 예방 주사처럼 비디오로 미리 맞은 덕택이 아닐까 싶다. 물론 이런 비디오만 봤으면 그것이 이 세상의 전부인 줄로만 알았을지도 모른다. 하지만 내게는 여러 세계를 넘나들 수 있는 통로가 되어 준 책과 음악, 그림과 또 다른 장르의 명작 비디오들이 존재했다. 이야기의 형태와 내용은 달라도 우리 자신이 똑바로 중심을 지켰을 때 우리 삶은 더 나은 모습을 가진다는 것을 배웠다.

영화라는 수단으로 뒷골목을 주름잡던 저 두 배우도 이제는 깊은 주름을 가진 노년의 배우가 되었다. 그들도 가끔은 아주 별로인 영화에 등장하지만, 나는 여전히 그들의 영화를 보며 감탄을 멈추지 않는다. 그들이 연기하는 인물도 부쩍 노년의 고독이나 허무에 대해 말하는 경우가 많지만, 형형한 눈빛에서 드러나는 위엄만큼은 여전히 그대로다. 부디 별 탈 없이 생의 끝자락까지 스크린을 꽉 채워 주길! 나 또한 그들과 함께 나이를 먹으며 그들의 젊은 시절을 한없이 기억할 테니 말이다.

언니들, 나 기억하죠?

집착도 이런 집착이 없다. 좋아하는 남자의 거절 앞에서는 쿨하게 돌아설 줄 아는 패기를 가진 나이건만 어쩐지 좋아하는 캐릭터와 이야기 앞에서는 속수무책으로 빠지고 만다. 본 걸 또 보는 수준에서 끝나는 것이 아니라 하염없이 그들을 생각하고, 그들이 되려 하고, 그들의 이야기를 내 현실로 끌고 오려 한다. 비디오가 나인지 내가 비디오인지, 나는 비디오를 본 것인지 비디오를 꿈꾼 것인지. 어느 날엔 잘 나가는 커리어 우먼이 되고 싶다가도 어느 날엔 버림받은 와중에 기적처럼 구원받고 싶었다. 교과서를 보는 대신 나를 끌어들이는 캐릭터와 이야기에 내 미래를 대입하며 꿈을 키웠다.

어른이 된 이후에는 내가 취할 수 있는 경우의 수가 얼마 없다는 사실에 좌절했다. 그 시간에 비디오를 보지 않고 문제집을 봤다면 좀 달라졌을까 생각하기도 했지만, 수많은 이들이 내 곁에 왔다가 떠날 때도 비디오 속 인물들은 나를 떠나지 않았다. 마음만 먹으면 만날 수 있는 사람들. 생각보다 더 초라한 어른이 된 후에는 그들이 결핍마저 채워 주었다. 이러나저러나 그들에게 많이 의탁했다. 심산함도 외로움도 기쁨도 기대도. 가끔 그들을 되새길 때면 나는 가상의 인물이 아닌 실재하는 옛 친구를 떠올리듯 친근감을 가지게 되는 것이다. 안녕, 나의 언니들. 잘 지내죠? 나는 정말 바쁜가

비디오 키드의 생애

봅니다. 이제는 언니들을 만나기 위해 마음먹고 시간을 짜내야 하니 말이죠.

지금이야 다양한 장르 속 다양한 여성 캐릭터를 자연스럽게 받아들이고 있지만 과거에는 여성 캐릭터의 도드라짐이나 모남이 그리 친절하게 받아들여지지 않았다. 특히 로맨틱 영화의 여주인공들은 꽤나 전형적이었고, 돌출적인 개성을 지닌 캐릭터 이를테면 〈나를 미치게 하는 여자 Trainwreck, 2015〉의 에이미나 〈연애 빠진 로맨스 2021〉의 자영은 절대 주인공이 될 수 없었다. 하지만 과거 갑갑한 전형성의 틈바구니 속에서도 특이점을 지닌 여주인공들은 존재했다.

그들은 사랑스러운 미소를 지으며 세상을 다 줘도 당신 하나만큼은 포기할 수 없다는 순정파의 면모를 보였지만 디테일을 살펴보면 조금 이상한 구석들이 있었다. 먼저 손 내밀고, 본데없이 들이대고. 새침하게 기다리기보다는 계산 없이 뛰어들고, 결정적인 순간에 사라지고. '여자가 저래서야 되겠어?'라는 핀잔을 자주 듣지만 한 귀로 흘려들으며 자신의 마음에 더 귀 기울이는, 그래서 다소 괴팍하거나 괴짜처럼 보이는 캐릭터들. 나는 그냥, 그런 사람들이 좋았다. SF나 범죄, 액션 장르에도 멋진 여성은 많았지만 나와는 너무 멀게 느껴졌다. 어른들은 잠깐이라도 혼자 있는 여자를 보면 결혼하라고 성화였으니, 다른 건 몰라도 로맨스라는 장르는 허락되지 않을까 하는 생각이 들었다. 그리고 제법 현실과 가깝다고 생각되는 현대 로맨스물의 묘한 언니들에게 이끌리고 만 것이다.

맥 라이언, 1990년대를 주름잡은 로맨스의 여인. 맥 라이언의 인기는 한반도마저 강타해 그녀로 하여금 수녀 복장을 하고 한국 샴푸 광고를 찍게 만들었다. **(물론 이 촬영에 대한 농담으로 한국인들의 미움을 사게 되었지만)** 생각해 보면 톰 행크스와 맥 라이언은 〈시애틀의 잠 못 이루는 밤 Sleepless In Seattle, 1993〉과 〈유브 갓 메일 You've Got Mail, 1998〉 단 두 작품만 함께 찍었을 뿐인데 〈시애틀의 잠 못 이루는 밤〉의 엄청난 흥행으로 하청일, 서수남에 버금가는 콤비처럼 느껴지기도 했다. 맥 라이언은 여러 작품을 통해 수많은 젠틀맨과 커플을 이뤘지만 1990년대를 호령하던 쌍두마차 톰 행크스가 제일 각인되는 건 어쩔 수 없나 보다.

바깥으로 살짝 삐친 짧은 머리. 이름처럼 라이언을 연상시키는 그녀의 헤어스타일은 당시 많은 여성들 사이에서 인기몰이를 했다. 사랑스럽고 앙증맞고 때로는 잘 토라지는 그녀.

맥 라이언이 나온 작품은 뭐랄까. 취향을 잘 타지 않았다. 그러니까 로맨스라는 장르에 알레르기가 날 정도로 그것을 멀리하는 사람이 아니고서는 웬만해선 추천에 응하는 작품이었다. 비디오 가게에서 맥 라이언의 신작을 빌리려면 대기가 필수였다. 바쁜 와중에도 우리 엄마는 맥 라이언의 신작을 꾸준히 빌려 봤다. 엄마 무릎을 베고 아슴아슴 졸린 눈으로 〈프렌치 키스 French Kiss, 1995〉를 봤던 기억이 난다. 키스신이 살짝살짝 등장하지만 어린이에게 충격을 줄 만큼 진한 애정 신은 없었기에 나도 맥 라이언의 영화를 자주 볼 수 있었다. 〈해리가 샐리를 만났을 때 When Harry Met Sally..., 1989〉만 제외하고.

〈출발! 비디오 여행〉을 포함한 온갖 연예 정보 프로그램에서는 이 영화의 명장면이라 할 수 있는 '카츠 델리카트슨 **(BTS도 방문한 뉴욕의 그 유명한 샌드위치 가게)**에서의 오르가슴 시연 장면'이 나왔다. 남녀는 절대 친구가 될 수 없다는 해리와 그런 해리를 별로 마음에 들어 하지 않던 샐리. 둘은 우연이라 불리는 운명적 타이밍 속에 마주하며 어느새 둘도 없는 베스트 프렌드가 된다. 그리고 샐리는 해리와 대화 도중 가짜 오르가슴이 무엇인지 보여 주겠다며 사람들이 꽉 찬 샌드위치 가게에서 괴성을 마구 내뿜는 것이다. 이 영화가 엄마의 검열을 통과하지 못했던 가장 큰 이유는 아무래도 그 명장면 탓인 듯했다. 하지만 내가 누구냐! 비디오를 보기 위해서라면 눈 하나 깜짝 안 하고 거짓말을 해 댈 수 있는 뺑쟁이였다. 나는 엄마에게 비디오 반납은 내게 맡기라, 효녀인 척 연기를 하고 대낮을 틈타 〈해리가 샐리를 만났을 때〉를 보고 만 것이다. 이 작품은 역시나 나의 기대를 저버리지 않았고 지금도 맥 라이언의 작품 중 제일 좋아하는 작품으로 남아 있다.

"여자애가 말이 왜 저렇게 많아?" 지역감정을 조장하자는 건 아니지만 경상도에서 보낸 어린 시절, 나는 여자로서의 덕목에 대한 이야기를 자주 들어야 했다. 수도권으로 이사 왔을 때는 경상도 여자아이와 수도권 여자아이의 미묘한 차이도 느낄 수 있었다. 문화적 영향도 있었겠지만 말투의 영향도 있었던 것 같다. 같은 내용으로 혼나도 어쩐지 서울 쪽 잔소리가 더 다정하게 느껴졌다. 내가 나고 자란 곳의 어른들은 서울내기들의 다소 허용적인 양육 태도를 불편한 시선으로 보았다. "마, 가시나 목소리 담장 넘어가 되나?" 같은 말들에 짜증을 내면서도 그러려니 넘어갈 수 있었던 그때, 영화에 등장하는 내 멋대로 캐릭터들은 나를 자극하기 충분했다.

비디오 키드의 생애

사실 영화에서는 해리가 말이 더 많다. 하지만 둘이 베프가 된 것에는 다 이유가 있다. 샐리도 해리 못지않게 말이 많다. 이런 영화를 가리켜 '스크루볼 코미디**(미국 대공황 시대에 유행한 로맨틱 코미디의 하위 장르. 남녀가 갈등을 겪으며 관계를 봉합하고 행복으로 나아가는 구조를 가지고 있다)**'라 하지 않던가? 우디 앨런 감독의 영화 속 인물들만큼 수다를 떨지는 않았지만 두 인물이 자신의 의견을 교차하며 주거니 받거니 가끔은 앙칼지게 상대의 말을 쳐내는 꼴이 꽤 흥미로웠다. 그간 접했던 로맨스 영화에서 여주인공은 힘아리가 없거나 병들기 일쑤였고 이상하게 남자가 있으면 다소곳한 자세로 쓰러지길 좋아했다. 말로는 당신이 부담스럽다 하면서도 끊임없이 남자의 구원을 원하는 여자 캐릭터에서 살짝 비껴 난 맥 라이언을 보는 일은 즐거웠다. 나 지금 너무 화가 나거든, 나 지금 미쳐버릴 것 같거든, 나는 이런 사랑을 원해, 그리고 네가 나의 사랑이 되어 줘. 사랑스러움을 뚫고 나오는 욕망 가득한 수다에 눈이 갔고, 나도 저렇게 투닥투닥 싸우다 사랑에 빠질 수 있는 남사친이 있으면 좋겠다고 바라기도 했다. 물론 빌리 크리스탈은 전혀 내 취향이 아니었지만.

　이후에도 다양한 언니들이 나를 성장시켰다. 그중 가장 의외의 인물은 로맨스 영화의 고전이라 불리는, 무려 1970년에 나온 영화 〈러브 스토리 Love Story, 1970〉의 알리 맥그로우였다. 극 중 이름은 제니. 제니는 명문 사립 학교에 다니는 올리버를 만난다. 느끼하게 작업 멘트를 날리는 올리버를 '세상 물정 모르는 도련님' 취급하는 제니. 커다란 뿔테 안경을 낀 제니는 올리버와 실랑이하는 와중에 조금도 주눅 들지 않고 "당신은 바보 같은 부자로 보여요." 하고 말한다. "나는 똑똑하고 가난하죠."라고 반격하는 올리버에게 제니는 "똑똑하고 가난한 건 나죠."라고 말하며 다시 한번 반격한다. 그리고 둘은 함께 커피를 마시는데 커피를 마시고 싶어 하는 밀당의 주체는 다름 아닌 제니였다. 이 카랑카랑하고 요망한 멋쟁이 같으니. 나는 영화 초반에 이미 그녀에게 사로잡혔다. 제니는 가난하고 올리버는 부자다. 둘은 주위의 반대에도 결혼을 강행한다. 그리고 영화 후반부에서 불치병에 걸리고 마는 제니. 설정만 들으면 구태의연한 신파 영화가 아닐까 싶지만 이 영화를 특별하게 만든 것은 '제니'라는 캐릭터였다. 카멜 색상의 코트와 검정 터틀넥에 받쳐 입은 체크무늬 치마, 여름에는 새하얀 쇼트 팬츠에 두건을 두른 그녀. 시대를 초월한 그녀의 패션 센스만큼이나 나는 제니의 생활력과 당당함을 사랑했다. 올리버의 부모를 만나러 가는 자리에 그녀는 새빨간 원피스를 입었다. 올리버가 변호사 공부를 하는 동안 제니는 그를 먹여 살렸다. 둘 사이에 파국이 오면 대차게 토라지고 다시금 주눅 들지 않는 그 태도로 올리버를 받아들였다. 죽음을 눈앞에 두고도 제니는 누구보다 초연했다. 나는 그래서 제니야말로 여자 중에 상여자가 아닌가 생각했다.

〈유 콜 잇 러브 L'Etudiante, The Student, 1988〉의 소피 마르소는 교수 자격시험을 준비하던 중 음악 하는 남자와 사랑에 빠진다. 그녀는 자신의 감정을 주체하지 못해 남자에게 변덕 부리기 일쑤였다. 하지만 '그럼 좀 어때'라고 할 만큼 그녀의 눈망울은 그렁그렁하게 빛났고 나는 그 미모에 숨이 막힐 지경이었다. 그녀는 몰아치는 폭풍 같았다. 남자와 오해가 생길 땐 토네이도가 되기도 했다. 단정한 옷차림에 그렇지 못한 말투. 남자 주인공마저 그녀를 고집불통이라 부르는데 나는 그만큼이나 자기 욕망에 충실한 소피 마르소를 사랑하지 않을 수 없었다. 자신의 일에도, 사랑하는 남자에게도 저토록 열정적일 수 있다는 사실이 어린 나를 자극했고, 영화 전반에 느닷없이 등장하는 농도 짙은 베드 신은 그들 사이의 폭풍 같은 사랑만큼이나 나를 열감에 휩싸이게 만들었다. 교수 자격을 평가하는 구두시험에서 몰리에르의 극에 대한 질문을 받은 그녀는 시험을 명분으로 남자에게 자신의 감정을 토한다. 나는 이대로의 자신을 사랑하라는 그녀의 선언에 무릎을 꿇었다. '나는 본래 이렇고 그럼에도 우리가 헤어질 수 없는 건 그만큼 서로를 사랑한다는 거잖아!' 그녀는 대차게 시험에 합격하고 사랑도 쟁취한다.

오드리 토투를 전 세계에 알린 〈아멜리에 Le Fabuleux Destin D'Amelie Poulain, 2001〉는 어떤가. 프랑스 영화를 볼 때면 예술 성에 탄복하면서도 몰려드는 지루함을 참기 위해 주먹을 꽉 쥐어야 했다. 〈아멜리에〉는 달랐다. '이건 완전 나잖아!' 세상 에 이런 발칙한 장난꾸러기가 다 있다니. 바깥으로 삐친 단 발은 독특한 여성 캐릭터들의 모범 헤어스타일인가? 오드리 토투 또한 귀 밑으로 깡충한 단발에 몇 가닥의 머리칼이 밖 으로 살짝 삐친 모양이다. 원색의 옷을 차려입고 좀처럼 두 근대는 가슴을 진정시키지 못하는 여자, 아멜리에. 자신만의 '브레토도'를 찾기 위해 헤매던 그녀는 즉석 사진기를 뒤지 고 다니는 한 남자를 만나 사랑에 빠진다. 아멜리에는 남자 가 집착하는 즉석 사진을 빌미로 그에게 접근해 **(영화적 설정이 라 귀엽게 보이지만 현실에서 해선 안 되는)** 스토킹을 방불케 하는 사 랑 쟁취 대작전을 펼치기 시작한다. 엄마가 죽고 친구도 없 이 모든 시간을 거의 홀로 지내는 아멜리에는 누군가를 곁 에 두고 싶다는 꿈을 이루기 위해 고군분투한다. 다소 뜨악 한 설정들 속에서도 그녀의 진심만은 내게 당도해 같이 울고 웃었다. 그녀는 자신의 사랑에만 집중하지 않았다. 주변 사람들에게 행복을 주기 위해서 짓궂은 짓들도 마다하지 않는다. 괴짜로는 단연 아멜리에가 1등이었다. 나 또한 심술과 장난이라면 빠지지 않았으니, 나의 장난이 아멜리에의 계략처럼 누군가를 행복의 구렁텅이로 떠미는 것이라면 한 번쯤 해볼 만하지 않을까 생각했다. 구원받고 싶은 마음을 안고 구원의 주체가 되고야 마는 아멜리에는 정다운 얼굴로 오랜 시간 좋은 친구가 되어 주었다. 나는 아마도 선한 얼굴로 위선을 일삼던 인간이라는 존재에 마냥 지쳐 있었는지도 모른다. 귀여운 미치광이 아멜리에는 오랫동안 내 마음에 히로인으로 머물렀다.

친구들은 내게 사대주의자라고 놀렸다. 그도 그럴 것이 외국 영화를 너무 줄기차게 봤던 것이다. 가끔가다 요즘 유행하는 어떤 것에 대해 말할 때면 나는 잘 모르는 경우가 많았다. 친구들은 자신이 좋아하는 한국의 트렌드를 영업하기 위해 분투했고 나는 지지 않고 이국의 신문물로 받아쳤다. 그러던 어느 날 내 가슴팍에 새로운 화살을 날린 한국의 언니가 등장했으니, 바로 이나영이었다. 이나영을 처음 알게 된 건 네 명의 여성 이야기를 그린 SBS 드라마 〈퀸 1999〉을 통해서였다. 순정이라는 캐릭터 이름에 걸맞게 순둥이 같은 역할이었는데 오히려 세련된 마스크와 큰 키로 눈길을 끌었다. 당시 김원희의 팬이었던 나는 신인 배우의 등장을 멀뚱히 지켜보고만 있었다.

그러던 3년 뒤, 〈후 아 유 2002〉라는 영화로 나의 마음은 이나영에게 완벽히 이동했다. 귀가 들리지 않는 아쿠아리움의 잠수부. 사람에게 쉽사리 마음을 열지 않고 조승우의 끈질긴 추근거림에도 뜨뜻미지근한 반응으로 일관하는 그녀. 미녀라는 수식어가 붙은 기존의 배우들이 보여 준 연기와는 달랐다. 무심하고 뚱하달까? 하이톤의 앙증맞은 목소리는 전혀 찾아볼 수 없었고 다리도 길쭉한데 어쩐지 휘적거리는 느낌으로 걷기도 했다. 뭐 저런 캐릭터가 다 있지? 이후 20대 사이에서 열풍을 몰고 온 드라마 〈네 멋대로 해라 2002〉를 통해 이나영은 독특한 캐릭터의 배우로 자리를 굳혔다. 나 또한 〈네 멋대로 해라〉의 광팬으로 소주팩을 가방에 넣고 다니며 금연하기 위해 막대기를 물고 다니는 그녀를 여신으로 모시기 시작했다. 〈후 아 유〉가 비디오로 출시되자 나는 그것을 들고 친구 집을 방문하는 정성을 보이며 이 풋풋하게 생동하는 청춘을 보아라 영업했던 것이다.

이나영의 작품은 러닝 타임이 끝나도 구전 동화처럼 나의 입에서 타인의 귓속으로 흘러들었고 나만큼이나 이나영을 좋아하는 친구들이 생겨났다. 우리는 괜히 그녀의 대사를 따라 하며 쉬는 시간을 보냈다. 나에게 이나영 필모그래피의 백미는 〈아는 여자〉다. 이 영화만큼 이나영의 매력을 백분 살린 작품이 또 없다. 한없이 투명해 도리어 의뭉스럽게 보이기는 캐릭터를 이나영은 완벽히 소화했다. 나는 희망을 잃고 틈만 나면 투덜대는 동치성을 한 치의 오차 없이 사랑하는 '필기 공주' 한이연의 끈기와 투지에 감탄했다. 내가 사랑하는 대상이 누군가에겐 한없이 모자라고 한심한 존재일 수 있다. 하지만 어떤 연유로든 사랑하게 되었다면 대상을 바라보고 이해하는 태도는 무릇 극기의 형태를 가져야 하지 않을까. 언제나 스스로를 검열하고 나의 태도가 나를 구성하는 카테고리를 벗어나면 어쩌지 고민하던 나날들 속에서, 누군가를 무작정 사랑하는 여자들이 좋았다.

내가 듣고자 하는 조언을 취사선택할 수 있다는 점에서 비디오는 꽤 훌륭한 자기 계발 데이터가 되어 주었다. 어차피 내 인생, 내가 정한 방식으로 간다! 나는 언니들이 로맨스 속에서 사랑하는 이들의 입술을 더듬어 나갈 때 나만의 방식을 더듬어 닦아 나갔다. 굴하지 않고 부끄러워하지 않으며 나와 주파수가 맞는 사랑을 만들어 보기로 한 것이다. 호기로운 어린 시절의 기억에 때로는 민망한 웃음이 흐르기도 하지만 우리 모두 그런 나날들이 있지 않은가?

시대는 변해 지금에 이르렀다. 나를 사로잡았던 작품들은 어느새 낡은 느낌을 주고 흠이 보이기도 하지만 저들이 있었기에 나는 새로운 여자들을 그릴 수 있었다. 옛 것을 간직하나 문제점을 수정하며 나의 언니들도 저변을 넓혀 나갔다. 좋아하는 것을 좋아한다고 말하는 심플함을 언니들에게서 배웠다. 자신만의 방식으로 세상과 혹은 연인과 불화하는 그녀들. 조금은 모난 구석을 지닌 그녀들은 우리가 쉬이 생각하는 로맨스 영화의 그녀들보다 더 현실적이었고 그래서 더 사랑할 수밖에 없는 고집불통이었다. 나는 내가 동경하던 인물들처럼 더없이 솔직하고 어쩔 땐 바닥을 드러내며 껍데기를 부쳤다. 그리고 어느새 내가 되어 있었다. 그녀들을 닮아 다소 모난 채로.

드세다고 오해받던 그녀들의 해피 엔딩에도 우리가 모르는 속편이 있을 것이다. 나 또한 어느 시점에 해피 엔딩을 맞이한다고 해도 죽음이 나를 가로막지 않는 한 수많은 갈등의 골에 묻혀 허우적대기도 할 것이다. 그래도 뭐 어떠랴. 이것은 팔자다. 용기가 많은 편은 아니지만 할 수 있는 범위에서 최대한 나 자신을 구현하기로 한다. 그래, 나는 나대로 살

련다. 세상에 모든 그녀들도 그렇게 살기를. 누구도 만나지 못했던 현실의 여자가 되어 구태의연한 세상과 불화하기를. 우리도 언젠가는 누군가의 언니가 될 테니까.

이름만으로도 가슴 떨리는

영화를 보며 인생을 배운 내게 배우란 상상의 날개를 활짝 펼 수 있게 도와주는, 제일 처음 만나는 세계의 안내자들이었다. 나는 산타 할아버지가 주는 선물보다 크리스마스 특수를 겨냥해 쏟아지는 신작 비디오에 더 마음이 설레던 아이였다. 특히 맹꽁이 시절에는 영화 속 인물과 인물을 연기하는 배우의 간극을 알지 못했다. **(지금처럼 인터넷이 발달하지 않아 그들의 사생활을 잘 알 수도 없어서 더 그랬다)** 오롯이 그들의 연기만으로 그들을 정의 내릴 수밖에 없었다. 나이가 들면서 내가 좋아하던 몇몇 배우들이 자신의 인생에서는 약물 중독자거나 극악무도한 가정 폭력범이거나 희대의 바람둥이라는 사실을 알게 되면서 충격과 공포에 빠졌다. 그중 정말 용서할 수 없는 사람은 오랜 시간 어린아이들을 성폭행해서 자신이 쌓은 모든 명예와 존경을 공기 중에 증발시키고 있는 케빈 스페이시다. 내가 그의 영화와 연극과 연기를 얼마나 사랑했는데. 모두 고매한 삶을 살아야 하는 것은 아니지만, 그가 위력을 이용해 추구했던 욕망은 너무나도 한심스럽고 추악했다.

그러다 보니 좋아하는 배우들이 실제로도 좋은 사람임을 확인하는 순간 말할 수 없이 깊은 만족을 느꼈다. 톰 행크스, 스티브 카렐, 티나 페이, 마야 루돌프, 케이트 블란쳇이 그렇다. 물론 탁월한 연기 실력처럼 인터뷰도 꾸며 내면 된다지만, 이들은 그 이상의 무언가가 있다. 인간적인 신뢰를 주는 일관적인 인터뷰 태도와 삶의 가치관, 시의적절한 농담을 던지면서도 상대방의 인격을 해치지 않는 배려, 자신들이 쌓은 부와 명예를 누군가 예찬할 때면 부러 자신을 낮추는 유머가 동반된 겸손함 같은 것들 말이다. 좋은 사람이 좋은 배우가 되는 것은 아니지만, 이들을 볼 때면 좋은 배우가 좋은 사람일 때 선사하는 안도감과 기쁨을 느낀다.

내 영혼을 섬세하게 터치해 주던 수많은 배우들 중 만나서 이야기 나누고픈 사람이 있다면 단연코 메릴 스트립이다. 메릴 스트립이 나오는 영화를 볼 때, 연출이나 각본이 별로라는 생각을 한 적은 있어도 그녀의 연기가 별로라는 생각을 한 적은 없다. 별 한 개도 아까운 엉망진창인 영화라도 메릴 스트립이 등장하면 오로지 그녀의 연기력으로 별 세 개쯤은 이끌어 낼 수 있다고 생각한다. 아니다, 이건 생각이 아니다. 단연코 확신한다.

메릴 스트립을 처음 알게 된 것은 〈크레이머 대 크레이머 Kramer Vs. Kramer, 1979〉라는 영화를 통해서였다. 이혼을 앞두고 잔뜩 날이 선 엄마와 아빠 사이에서 아들 빌리는 부모가 쏟아 내는 울분을 온몸으로 받아들여야 했다. 물론 부모는 그를 진심으로 사랑한다. 하지만 상황이 상황인 만큼 빌리에게 제대로 신경 쓸 수가 없다. 결국 빌리는 마음을 다치고 만다. 〈부부클리닉 사랑과 전쟁〉을 방불케 하는 빤한 이혼 스토리라고 생각하면 오산이다. 이 영화를 보고 눈물을 참을 수 있는 사람이 몇이나 될까. 이혼과 양육권 소송이라는 사건을 통해 밑바닥을 드러냈던 두 남녀는 점점 인간적인 성숙을 거듭하며 진심으로 서로를 축복해 준다. 2020년, 로라 던에게 수많은 여우 조연상을 안겼던 〈결혼 이야기 Marriage Story, 2019〉와 결이 비슷한 영화다. 다만 아쉬운 것은 후에 메릴 스트립이 남편 역을 맡았던 더스틴 호프만에 대해서 회고할 때였다. 감독과 더스틴 호프만이 짜고 각본에도 없는 '불맛 싸대기'를 메릴 스트립에게 날렸다는 것이다. 자기들 말로는 날것의 반응을 이끌어 내고 싶었다는데 정작 뺨을 맞은 메릴 스트립은 너무나 당혹스럽고 화가 났다고 했다. 예의를 모르던 시대에는 할리우드도 예외는 아니었다.

〈아웃 오브 아프리카 Out of Africa, 1985〉, 〈프랑스 중위의 여자 The French Lieutenant's Woman, 1981〉, 〈매디슨 카운티의 다리 The Bridges Of Madison County, 1995〉, 〈엔젤스 인 아메리카 Angels In America, 2003〉 등 그녀를 대표할 수많은 작품이 있

지만, 나는 메릴 스트립 하면 〈소피의 선택 Sophie's Choice, 1982〉이 가장 먼저 떠오른다. 그토록 수없이 많은 비디오를 되감기 했음에도 이 작품은 한 번 보고는 다시 볼 수 없었다. 아이를 낳은 후에는 더 용기가 나지 않았다. 자신의 눈앞에서 나치에게 생때같은 아이들을 빼앗기는 슬픔이 뼈에 박힐 듯 고통스럽기 때문이다. 나치 장교는 소피에게 아들과 딸 중 하나를 선택하라고 한다. 둘 중 하나는 가스실로 가야만 하는 것이다. 아직도 그 장면을 생각하면 욕지기가 차오른다. 어떻게 엄마에게, 아이의 생명을 두고 선택을 하게 만드는 것인지. 소피는 어쩔 수 없이 딸을 선택했지만 딸마저도 그녀와 분리된다. 이후 아우슈비츠에서 사령관의 비서로 일하던 소피는 아들이 어린이 수용소에 있음을 알게 되고 그를 살리기 위해 사령관을 유혹한다.

인간적인 치욕까지 겪었지만 그들은 약속을 지키지 않는다. 자살 시도도 했지만 실패하고 만다. 우여곡절 끝에 미국으로 건너온 소피가 제정신으로 살 수 있을까 싶지만 어떻게든 삶은 이어지고 자신과 마찬가지로 전쟁의 상처로 망가진 한 남자를 만난다. 존엄성을 훼손당하고 삶의 의욕마저 잃었던 소피는 새로운 사랑 앞에 다시 한번 삶의 의지를 다지지만 한 인간의 내면을 폐허로 만든 전쟁의 상처가 쉬이 치유

214

될 리 없다. 평온한 시간도 잠시, 비극은 또 다른 얼굴로 그녀에게 다가온다. 그녀는 다시금 선택의 기로에 놓이고, 비극과 비극 사이에서 더 나은 비극을 선택하기로 한다. 전쟁을 겪어 본 적 없음에도 나 또한 그녀의 생을 살아 낸 듯 숨이 막힐 지경이었다. 영화가 끝난 후에도 고통의 여진이 남아 며칠 동안이나 흔들렸다. 이 영화로 메릴 스트립은 그해 유력 영화제의 모든 여우 주연상을 휩쓸었다. 절절한 모성과 슬픔을 표현한 기차역 장면은 압권이다. 메릴 스트립 또한 고통스러워 그 장면을 다시는 보지 못했다고 한다.

그토록 혼신의 연기를 보여 줬으니 여한이 없을 듯한데, 메릴 스트립은 한 시절에 머물지 않고 여전히 전성기를 유지하고 있다. 대단한 에너지만큼 대단한 연기. 매너리즘 따위는 남의 이야기다. 그녀의 최근작을 봐도 연기에 낡음이라는 게 없다. 예전 작품은 예전 작품대로 최근 작품은 최근 작품대로 보는 재미와 감동이 있다. 허투루 소화하는 역할이 없다. 배역마다 악센트도 다르고 서 있는 자세나 걸음걸이도 다르다. 이것은 단순히 재능의 문제가 아니다. 얼마나 많은 노력과 분석이 명연기를 만들었는지 실감하게 할 정도다. 실제로 많은 배우들이 메릴 스트립과 연기를 앞두고는 긴장한다고 말한다. 그녀와 작업하고 그녀로 인해 깨달음을 얻은 일을 마치 간증이라도 하듯 토크 쇼에서 말하는 것을 자주 볼 수 있다. 그들은 늘 말미에 이렇게 덧붙인다. "그녀는 훌륭한 배우인 동시에 훌륭한 사람입니다." 실제로 그녀는 별다른 스캔들도 없었다. 젊은 시절 사랑하는 약혼자이자 명배우였던 존 카제일을 암으로 잃기 전, 3년이 넘는 시간 동안 지극정성으로 그를 간호한 일화는 유명하다. 그 후 지금의 남편과 만나 한 번의 파경설도 없이 아이들도 잘 키우며 오순도순 살고 있다. 그녀의 딸인 마미 검머도 연기력이 뛰어난 배우다. 화려한 할리우드의 조명에 취해 각종 사건 사고를 연발하는 스타를 보면, 메릴 스트립의 무탈한 삶이 경이롭다.

사실 메릴 스트립이라는 이름만으로도 그녀는 거만해도 좋을 배우다. 아마 사람들도 그녀의 거만함을 용인할 것이다. 하지만 그녀는 장난을 칠 때나 우쭐한 듯 어깨를 으쓱거릴 뿐, 진지한 상황에서 자신이 가진 재능과 부와 명예를 떠들어 대지 않는다. 사생활에 대한 별스러운 기사가 나지 않는 것도 그만큼 철저한 자기 관리와 함께 '정말 아무런 일 없이 평온하게' 삶을 유지하는 태도가 한몫을 하는 것 같다. 물론 하비 와인스타인이나 로만 폴란스키를 두고 한 말 때문에 오해를 받기도 했지만, 예전부터 그녀가 배우로서, 그리고 여자로서 당한 불평등과 편견에 대해 당당히 맞선 것을 알고 있기에 조금 더 너그러운 마음으로 그런 논란을 대하는 편이다. 그녀는 자신이 한 실수를 반드시 사과하는 사람이기도 하니까.

그녀는 언어가 달라도 가슴으로 전해지는 명연기가 무엇인지 알려 준 사람이며 유혹과 배신이 난무하는, 할리우드라는 소돔과 고모라에서도 자기 자신을 잃지 않고 타의 모범이 되는 삶을 온전히 증명해 준 롤모델이기도 하다. 만약 나에게 단 한 명의 배우와 이야기할 수 있는 기회가 생긴다면 주저하지 않고 메릴 스트립을 꼽을 것이다. 그리고 메릴 스트립에게 한 번만 안아 봐도 되냐고 물어볼 것이다. 왈칵 쏟아지는 내 눈물이 그녀 품에 바다를 만들겠지. 현명한 선배 앞에 한없이 어리광을 부리는 역할로 나를 캐스팅해 주오!

세상 제일 할 일 없는 것이 연예인 걱정이라고 한다. 나도 그에 동의하는 편이지만, 메릴 스트립은 단순히 연예인 혹은 배우로만 기억되기엔 아쉬운 존재다. 나는 그녀를 통해 기품 있고 당당한 여성의 삶을 배웠고 직업적 윤리가 무엇인지 깨달았다. 그러니 부디, 그녀가 더 오랜 시간 건강하길 바란다. 아주 오래도록 그녀의 새 작품을 기다리는 즐거움을 맛볼 수 있길.

이제 그만 재생을 멈추자!

동생과 나는 열한 살 차이가 난다. 열 살 이상 터울이 져서 그런지, 동생과 함께 보낸 어린 시절이 아직도 눈에 선하다. 우리는 많은 시간을 함께 보냈다. 아기였던 동생의 응가를 치우고 궁둥이를 닦아 주는 일은 물론, 일찍 하교하는 날에는 동생이 다니는 학원까지 동생을 데리러 가고, 동생이 게임을 즐길 때 옆에서 간식을 챙겨 주기도 했다. 일이 바빠 잔소리할 시간이 부족했던 부모님 덕분에 우리 둘은 자유로운 분위기를 마음껏 즐길 수 있었다. 형제가 나이 차이가 많이 나면 손윗사람이 간섭을 한다고들 하지만, 나는 누구보다 자유를 사랑했으며 자유조차 일탈하고 싶은 인간이었기에 동생은 하고 싶은 만큼 실컷 게임을 할 수 있었다.

동생은 어린 시절의 절반 이상을 게임 〈월드 오브 워크래프트〉와 쫄쫄이를 입은 히어로들이 등장하는 이웃 나라 특촬물(특수 촬영물의 줄임말. 주로 초인적 능력을 가진 히어로나 괴수가 등장하는 일본의 장르 영상물을 가리킨다) 그리고 애니메이션으로 채워 나갔다. 한번은 목 근육에 이상이 와서 통증을 느낀 그 녀석이 목을 오른쪽으로 반쯤 꺾은 채 엉엉 울어 댔다. 늦게 본 아들을 누구보다 애지중지하던 엄마는 어쩔 줄 몰라 하며 전전긍긍했지만, 꺾인 목이 익숙해지자 그 녀석은 다시 게임을 했다. 비스듬히 꺾인 45도 각도가 본래 자기 목이던 것처럼 말이다. 정말이지 가관이었다. 이렇게 말하면 동생이 지금 어떤 인생을 살고 있을지 궁금할 텐데 다행히 녀석은 머리가 좋았다. 특목고에 진학해서는 밴드부에 주력하더니, 가고 싶은 대학에 입학해 영화를 전공했다. 어릴 적 질리도록 게임을 한 덕이라고 본다. 게임에 대한 욕망 게이지가 채워지자 철이 들었는지 자기 주도적으로 공부를 시작했다. 물론 기타와 피아노가 게임의 자리를 대신하긴 했지만.

동생이 일곱 살 되던 해, 녀석과 처음으로 함께 영화를 봤다. 서현역 메가박스였다. 당시만 해도 지은 지 얼마 안 돼 의자에서는 섬유 특유의 휘발유 냄새가 났다. 우리가 같이 본 영화는 〈파워퍼프 걸 The Powerpuff Girls, 2002〉이었다. 2002년 월드컵이 한창일 때 나온 영화로, 의외로 극장 안에는 사람이 많았다. 부모님의 손을 잡고 온 아이들은 파워퍼프 걸이 악당에게 당할 때마다 소리를 지르며 작은 영웅들을 응원했다. 동생은 포켓몬과 디지몬의 엄청난 팬이었다. 종종 케이블에서 방영해 주던 〈파워퍼프 걸〉을 보기도 했지만 팬이라고 할 정도는 아니었다. 당시 미취학 어린이와 볼 만한 영화를 찾던 중 유일하게 개봉한 만화 영화라 골랐다. 영화 자체는 기억이 잘 나지 않는다. 그저 처음으로 나의 지도 편달 아래 동생과 함께 버스를 타고 시내로 나간 경험만이 또렷이

비디오 키드의 생애

머릿속을 유영할 뿐이다. 그날을 기점으로 우리는 종종 둘이서만 영화관을 찾았다. 동생은 나이에 비해 의젓한 편이라 나 혼자 데리고 다녀도 아무런 문제가 없었다.

〈러브 액츄얼리 Love Actually, 2003〉의 성공으로 매년 크리스마스마다 그와 비슷한 분위기의 옴니버스 영화가 우후죽순처럼 나왔다. 2007년에 나온 영화 〈내 사랑 2007〉도 비슷했다. 나는 일명 강짱, 최강희 배우의 오랜 팬으로 단순히 그녀가 등장한다는 사실 하나에 들떠 녀석과 영화를 보러 갔다. 영화가 끝난 후, 극장을 빠져 나온 동생의 얼굴이 눈물로 범벅되어 있었다. 나는 깜짝 놀라 "누가 너 때렸어? 아까 옆에 앉은 그 커플이 나 몰래 너 꼬집었지?" 하고 다그치며 범인을 색출하려 했다. 저 영화를 보고 운다는 건 말이 안 되니까. 하지만 동생은 극 중 인물이 불치병에 걸렸다는 사실이 너무 슬퍼 운다고 했다. 세상에나! 아무리 그래도 그 영화는….

시그널이 맞지 않아 당황스러운 상황도 있었지만, 2008년에 개봉한 〈다찌마와 리: 악인이여 지옥행 급행열차를 타라! 2008〉를 볼 때는 한 엄마의 뱃속에서 나왔음이 여실히 증명될 만큼 단단한 결속을 보여 줬다. 이 영화에 속된 단어들을 수식어로 달며 악평을 퍼붓거나 도저히 참을 수 없어 중간에 자리를 박차고 나왔다는 사람들도 많았지만, 나와 동생은 다른 이유로 영화관을 나와야 했다. 영화를 이루는 모든 것이 너무 웃겼다. 나는 웃음을 참느라 이를 악물고 부들거리다 눈물까지 흘렸다. 눈물을 참는 것만큼이나 웃음을 참는 것도 굉장한 에너지를 소모한다. 잠시 화장실로 가 미친 듯이 웃은 뒤 다시 자리로 돌아오길 반복했다. 나는 류승완 감독의 〈부당거래 2010〉와 〈베를린 2012〉만큼이나 "악인이여 지옥행 급행열차를 타라!"를 외치던 2008년의 〈다찌마와리〉 또한 사랑한다.

영화에 대한 추억만큼 비디오도 소중하다. 비디오의 시대가 저물던 2000년대에도 우리는 가까스로 오래된 비디오 기계를 지켜 내며 영화를 또 보고 또 보는 일에 여념이 없었다. 나만 한 가지 비디오를 여러 번 돌려 보나 싶었는데 유전적 영향인지 동생도 나만큼이나 본 걸 또 보는 녀석이었다. 나는 동생 덕분에 〈지구방위대 후뢰시맨 超新星 フラッシュマン, 1986〉과 〈빽 투 더 퓨쳐 Back To The Future, 1985〉, 그리고 〈취권 1 1978〉, 〈취권 2 1994〉를 족히 50번 넘게 봤다. 이 비디오가 있기 전에는 내 나이 여섯 살 무렵, 피아노 학원에서 찍은 재롱잔치 영상이 있었다. 녀석은 내가 원숭이로 변장해 우스꽝

스러운 춤을 추는 그 비디오를 신물이 날 정도로 많이 봤다. 나중에는 진심으로 정색하고 화를 내기도 했다. 동생은 콧방귀도 뀌지 않았다. 나는 속으로 '저 XX 나보다 지독하네!'라고 외쳤다. 진심이었다.

〈지구방위대 후뢰시맨〉도 〈빽 투 더 퓨쳐〉도 〈취권〉도 모두 1970~1990년대에 생산된 영상물이었다. 나도 어릴 때 저 시리즈와 영화를 봤지만 동생 나이와는 거리가 있었다. 처음에는 동생이 나와 동시대의 오락거리를 즐긴다는 사실에 공감대가 형성되어 기쁜 마음으로 영화를 같이 봤다. 하지만 보고 또 보고 또 보고 또 보고 미친 듯이 보기 시작하자 나중에는 영화를 보지 않아도 귓가에서 대사가 맴도는 기분이 들었다. 동네에 하나 남은 비디오 가게에서는 〈지구방위대 후뢰시맨〉을 빌리고 빌리고 또 빌리니까 어차피 이제 빌리는 사람도 없다고 보고 싶은 만큼 실컷 보고 돌려줘도 된다는 말을 하기도 했다. 비디오 가게 사장님이 미웠다. 잔뜩 찌푸린 얼굴로 〈지구방위대 후뢰시맨〉의 마지막 편을 보며 "야, 지금 보니까 저거 완전 스타워즈 짭이네."라는 나의 불평에도 동생은 역시 콧방귀도 뀌지 않았다.

그러던 어느 날 되감기 감옥에서 탈출할 수 있었는데, 동네에 하나 남은 그 비디오 가게가 폐점했기 때문이다. 텔레비전 선반을 커다랗게 차지하던 우리 집 비디오 기계도 플레이스테이션과 DVD 플레이어로 대체됐다. 그즈음부터 동생은 〈메타녀〉라는 고전 게임에 중독되었고 나도 덩달아 그 게임을 하며 시간을 보냈다.

비디오는 사라졌지만 동생에게 부지런히 영화를 추천했다. 심지어 일본의 만화가 타다 카오루의 로맨스 작품 《장난스런 키스 イタズラなKiss, 1990》의 대만판 드라마 〈악작극지문 惡作劇之吻, 2005〉을 동생에게 몰아 보게 하는 고문 아닌 고문도 즐겼다. 시간은 빠르게 지나갔고 동생도 나도 철저한 사생활이 생기기 시작했다. 청춘사업에 골몰하던 내가 결혼과 함께 친정을 떠나며 동생에게 마지막으로 추천해 준 영화가 〈월플라워 The Perks of Being a Wallflower, 2012〉였다. 원작 소설은 미국 청소년들에게 상당한 영향을 끼쳤다고 한다. 동생이 합리적으로 사고하면서 누구보다 따뜻한 감성을 가진, 깨어 있는 남성으로 성장하길 바라는 마음으로 이 영화를 동생에게 알려 줬고 책도 선물했다. 동생도 이 영화가 마음에 들었는지 흡족한 반응을 보였다.

우리가 함께 꿈과 희망을 나누던 비디오의 세계는 전멸했다. 그 짧은 사이 DVD도 쇠퇴했고 컴퓨터 CD도 사라졌다. 영국 밴드 버글스는 1979년 〈Video Killed the Radio Star〉라는 노래를 통해 비디오가 라디오 스타를 죽일 것이라 예견했지만, 수많은 신개념 콘텐츠 속에서도 라디오는 살아 남았다. 눈 깜짝할 사이에 달라지는 진보의 속도는 우리의 삶마저 빨리 감기 하게 만든다. 좋아하던 것들이 '레트로'라는 이름의 사조로만 남아 버린 지금, 서운한 마음이 들면 눈을 감고 아직도 선명한 그때를 떠올려 본다. 내게 인간에 대한 존중과 사랑을 알려 주고 윤리적 화두를 제시하고 좋은 어른이 되고자 노력하게 해 준 것은 8할이 비디오였다. 나는 이제 각종 OTT 서비스로 영화를 보고, 리모컨을 드는 대신 키보드의 방향 키를 톡톡 치며 시간과 시간 사이를 넘나들지만 그때와 마찬가지로 본 영화를 또 보는 것을 멈추지 않는다. 쳇바퀴 도는 무탈한 인생이 모토가 된, 재미없는 어른으로 성장했지만 여전히 좋아하는 영화와 음악 앞에서는 흥분을 감추지 못한다. 어느새 나는 한 아이의 엄마가 되었고 동생은 어엿한 직장인이 되었다. 이제는 특별한 날이 아니면 만나기도 어렵지만, 얼굴을 마주할 때마다 우리는 어린 시절과 다름없이 바보 같은 장난으로 서로를 웃기고 재미있게 본 영화나 인상 깊게 들은 노래를 추천해 준다. 모든 것이 변해도 사람은 쉽사리 변하지 않는다. 좋아하는 것을 좋아한다고 말할 수 있는 마음 또한 질기게 나를 지탱할 것이다.

나는 이제 각종 OTT 서비스로 영화를 보고,
리모컨을 드는 대신 키보드의 방향 키를 톡톡 치며
시간과 시간 사이를 넘나들지만
그때와 마찬가지로 본 영화를 또 보는 것을 멈추지
않는다.

그냥 좋으니까

서당 개 3년이면 풍월을 읊는다는데 비디오를 그리 오래 보았으니 단편 영화라도 하나 찍지 않았을까 생각한다면 무한한 오산이다. 나는 가족들에게도 나의 비디오력을 침투시키지 못했다. 처참한 패배의 뒤안길에는 언제나 홀로 홀짝이는 맥주와 21세기 기술이 선사한 OTT 서비스만이 함께한다. 역시 너밖에 없지. 이제 마음에 드는 장면을 다시 보기 위해 신경을 곤두세우고 되감기 버튼을 조종할 필요가 없다. 커서를 대고 썸네일만 클릭하면 과거 회귀 가능. 모든 게 빠르고 모든 게 편리한 세상 속에 마음만은 여전히 아날로그다.

누군가 나에게 '당신은 비디오로 어떤 업적을 이루었습니까'라고 물어본다면 한마디로 대답할 수 없다. 오랜 시간 비디오를 보았다는 사실이 누군가에게는 허송세월한 한심한 덕질에 그칠지도 모를 일이다. 하지만 나라는 인간이 이만큼

버텨 온 것에는 비디오가 차지하는 몫이 꽤 크다. 과장된 표현처럼 들릴 수 있겠지만 나를 키운 8할은 비디오다. 어엿한 어른이 되기 위해 통과해야 했던 시간들이 있었다. 울 것 같은 얼굴로 도망치듯 달리다 내 발에 내가 걸려 자빠질 때면, 어김없이 비디오 속 인물들을 떠올렸다. 현실에는 생각보다 그럴싸한 조언을 건네 줄 어른들이 많지 않았다. 인생의 문제에 봉착했을 때 비디오를 통해 미리 가 본 세계의 풍경들이 오히려 더 훌륭한 예제가 되어 줬다. 내가 본 것들을 마음에 담아 힘이 들 때면 그것들을 꺼내 먹었다. 비상식량이라도 되는 듯.

고조되는 클라이맥스에 운명을 맡기고 맘대로 주사위를 굴렸다. 나는 생각보다 대책이 많은 인간이었고 흔들리며 흘러가는 와중에도 나름 내 몫의 최선을 다했다. 비록 선망하는 주인공의 삶을 살지는 못했지만 눈 떠 있는 대부분의 나날이 의미 있고 소중하다는 생각에는 변함이 없다. 시대를 풍미하던 배우들이 소리 소문 없이 사라지고 난데없이 등장한 신성이 그 자리를 메우는 경우를 왕왕 보았다. 나에게도 나에게 맞는 때가 있겠지. 베네딕트 컴버배치가 닥터 스트레인지가 되기까지 19년이 걸렸다는데 나도 중년에 노 저을 큰물을 만나지 않을까. 여전히 심산한 마음을 영화로 달래는 나를 보면 어쩜 이리도 사람이 변하지 않을까 싶다가 어쩌면 그만큼이나 변하지 않고 좋아할 수 있는 것이 있어 얼마나 다행인가 되새김질한다. 영화를 보기 위한 도구들이 바뀌었을 뿐 영화를 좋아하는 마음은 어디 갈 줄 모른다. 이야기가 주는 무한한 가능성의 세계 속에서 나는 중력 없는 사람처럼 지상에서 몇 발자국 떨어진 채 마음껏 유영했다.

기억을 끄집어내기 위해 두서없이 내 안으로 침잠했다. 잊고 있던 기억들을 건져 올리며 보물을 발견한 기분이 들었다. 비디오를 통해 거창한 이야기를 하려는 생각은 애초에 없었다. 그저 내가 아주 많이 사랑했다고, 아주 엷게 차곡차곡 쌓아 올린 그 시간들이 이제는 무엇보다 두텁고 단단한 모양새로 내 안에 자리해 나를 지켜 주고 있다고. 이런 이야기들을 주절주절 떠들어 대고 싶었다.

나는 그리 다정한 친구가 아니었다. 인연이라는 게 다가오는 시절이 있고 떠나는 시절이 있다는 것을 알지 못한 채 내 옆을 지켜 준 그들에게 마땅한 감사 인사 한 번 하지 못했다. 매일매일 비디오와 함께한 탓인지 오래된 작품들을 감상할 때면 언제나 그 곁을 지키던 나의 사람들이 떠올랐다. 다시 오지 않을 인연임을 알면서도 그들을 한 번쯤 제대로 기억하고 싶었다. 빚진 심정을 비디오에 기대어 갚고 싶었다. 좋아하는 마음을 좋아하는 것으로 푸는 일만큼 재미난 것이 또 어디 있겠는가.

나는 별로 낙관적이거나 긍정적인 사람도 아니다. 그럼에도 내가 이 지리멸렬한 세상을 버틸 수 있는 이유는 무언가를 좋아하는 마음 때문이다. 그렇다. 내가 정말 말하고 싶었던 것은 좋아하는 것을 그냥 좋아해 버리는 것. 좋아하는 것을 좋아한다고 말할 수 있는 그 마음이었다. 주체를 못 해 조금은 바보 같고 미숙한 나의 열정이 당신에게도 가닿길 바란다. 시간이 없다. 우리는 한없이 좋아하고 또 좋아하며 스스로를 격려해야 한다.

기억을 엮는 과정에서 탈락된 수많은 영화들에게 심심한 사과의 말을 전하고 싶다. 비록 하나하나 호명할 수는 없고 '비디오'라는 단어로 퉁쳐야겠지만. 혹시라도 나의 기억에 오류가 있거나 지나친 흥분으로 필요 이상 과장된 부분이 있다면 용서해 주길 바란다. 애주가인 탓에 기억력 감퇴가 이르게 찾아왔다. 무엇보다 좋아하는 것을 말하는 마음 앞에서 나는 속절없이 푼수가 된다. 이 글을 다 읽은 당신이라면 누구보다 이런 내 마음을 잘 이해해 주리라 믿는다.

초판 1쇄 발행 2022년 12월 16일

지은이 정율리
펴낸이 이광재

기획 밀리의 서재
책임편집 구본영
디자인 이창주
마케팅 정가현　　　　**영업** 허남, 성현서

펴낸곳 카멜북스　**출판등록** 제311-2012-000068호
주소 서울특별시 마포구 양화로12길 26 지월드빌딩 (서교동 395-7) 3층
전화 02-3144-7113　**팩스** 02-6442-8610　**이메일** camelbook@naver.com
홈페이지 www.camelbooks.co.kr　**페이스북** www.facebook.com/camelbooks
인스타그램 www.instagram.com/camelbook

ISBN 979-11-978959-5-1(03810)